천외천의 주인 6

2020년 12월 10일 초판 1쇄 인쇄
2020년 12월 15일 초판 1쇄 발행

지은이 한수오
발행인 이종주

총괄 김정수
경영지원 배진경 임혜솔 송지유

기획 팀 이기헌 왕소현 박경무 강민구
책임 편집 오영란

발행처 (주)로크미디어
출판등록 2003년 3월 24일
주소 서울시 마포구 성암로 330 DMC첨단산업센터 3층 318호, 319호
Tel (02)3273-5135 **편집** 070-7863-8596 **Fax** (02)3273-5134
홈페이지 rokmedia.com **E-mail** rokmedia@empas.com

© 한수오, 2020

값 8,000원

ISBN 979-11-354-8628-9 (6권)
ISBN 979-11-354-8621-0 04810 (세트)

한수오 신무협 장편소설

6

천외천의 주인

| 잠룡潛龍의 시간 |

차례

결자해지結者解之 (1)

"누구냐, 너는?"

자객, 과거 낭왕의 그림자 신영의 후인인 대력귀는 이내 평정을 되찾았다.

꼿꼿이 일어선 그는 그간 겪었던 그 어떤 순간보다도 더 싸늘한 눈초리를 드러내고 있었다.

설무백은 대답에 앞서 소매를 걷어서 낭왕의 후예임을 상징하는 손바닥 문신을 내보였다.

"너에게 그 정도 추궁은 충분히 할 수 있는 사람이지."

대력귀가 문신을 보고 흠칫했다.

그러나 그게 다였다.

이내 싸늘한 기색으로 돌아간 그가 냉랭한 코웃음을 날렸다.

"추궁? 자격? 지랄하고 자빠졌네! 그게 뭐라고? 네가 낭왕의 후예인 게 나와 무슨 상관인데?"

설무백은 눈살을 찌푸렸다.

"지금 신영의 후인임을 부정하는 거냐?"

대력귀가 같잖다는 듯 냉소를 날렸다.

"아쭈? 점점 더 가관이네. 지랄도 풍년이다. 내가 그 옛날에 살다가 죽은 신영의 후인이든 말든 너와 무슨 상관이냐? 설마 그 옛날 신영이 낭왕의 꽁무니를 졸졸 따라다니며 마당쇠 노릇을 했으니까 나도 당연히 그래야 한다고 생각하는 거냐?"

세상에는 분노해서 말이 많아지는 사람이 있는 반면에 말을 하면 할수록 점점 더 분노하는 사람도 있다.

대력귀는 후자인 것 같았다.

속사포처럼 따지고 드는 그의 얼굴에 서서히 푸른 빛이 감돌기 시작했다.

심중의 분노가 용암처럼 비등하는 모습이었다.

설무백은 의구심이 일어났다.

이상했다.

사실 여부를 떠나서 아니면 아닌 거고, 싫다면 싫으면 그만이지 필요 이상으로 화를 내는 대력귀의 태도가 왠지 매우 부자연스러웠다.

그런데 그와 같은 의구심은 바로 풀렸다.

씩씩대던 대력귀가 어림 반 푼어치도 없다는 듯 새삼 싸늘한 냉소를 날리며 자기가 던진 질문에 스스로 답하는 것으로 그것을 알려 주었기 때문이다.

"개수작마라! 낭왕이라는 작자가 내 조상이라는 신영과 어떻게 붙어먹었는지는 몰라도, 나와는 아무 상관이 없다! 하물며 내 조상이라는 신영이라는 작자조차 내게 해 준 것이 아무것도 없는데, 내가 무슨 골빈 바보 멍청이라고 낭왕이라는 작자를 상관할 것이냐!"

대력귀는 울분을 토했다.

말로 이루다 표현할 수 없는 사연과 한이 담긴 울분이었다.

그러나 설무백의 눈에는 그 모습이 진실로 보이지 않았다.

마치 투정을 부리는 아기 같았다.

적어도 그의 눈에는 그렇게 보였다.

그때 공야무륵이 싸늘한 표정으로 나섰다.

"죽일까요?"

설무백은 습관처럼 슬쩍 손을 들어서 공야무륵을 말렸다.

그리고 슬며시 소매를 내려서 낭왕의 후예임을 상징하는 손바닥 문신을 가리며 중얼거렸다.

"인연은 소중한 것이지. 하지만 내 생각이 그렇다고 네게 그걸 강요할 생각은 없다. 소중한 것을 소중하게 느끼지 못하는 사람이 필요로 할 정도로 내가 아쉽지도 않고."

그는 냉정한 모습으로 변해서 대력귀를 직시했다.

"자, 그럼 이제 본래의 상황으로 돌아가자. 너는 자객, 나는 그런 너를 잡으려고 기다린 사람이다."

분노로 씨근거리던 대력귀의 안색이 살짝 변했다.

울분에 겨워 분노를 토하긴 했으나, 막상 설무백이 이런 식으로 냉담하게 나오자 못내 당황한 눈치였다.

그러나 그것도 잠시, 이내 무언가 작심한 듯 입술을 깨문 그는 원망인지 독기인지 모르게 싸늘해진 눈빛으로 설무백을 쏘아보며 말했다.

"오냐 그래! 내가 바라는 바도 그거다!"

설무백은 그저 냉담하게 뚜벅뚜벅 대력귀를 향해 발걸음을 내딛었다.

대력귀가 비수를 든 손을 내리고 다른 손에 든 죽화선을 눈높이에서 수평으로 펼쳤다.

죽화선에 반쯤 가려진 그의 두 눈이 살벌하게 빛났다.

모종의 내력을 끌어 올린 듯 주변의 공기가 무거워지며 우렁우렁 울고 있었다.

설무백은 그에 아랑곳하지 않고 무심하게 다가갔다.

거리가 좁혀질수록 장내를 누르는 기세가 더욱 무거워졌으나, 그의 발걸음을 막을 수는 없었다.

대력귀의 눈썹이 꿈틀했다.

"죽어!"

수평으로 펼쳐졌던 그의 죽화선이 번개처럼 설무백을 향해 뻗어졌다.

거무튀튀한 죽화선에서 검은 아지랑이처럼 아른거리는 기세가 일어나며 설무백을 덮쳤다.

앞서 공야무륵과 격돌했던 기세, 죽화선을 통해 쏘아 내는 경기인 수라죽선장이었다.

설무백은 아무런 대응도 하지 않았다.

순간.

까깡—!

금속음과도 같은 강렬한 소음이 터지면서 설무백의 전면에 불똥이 튀었다.

그게 다였다.

설무백은 아무런 타격도 받지 않았다.

일말의 흔들림도 없었고, 발걸음을 멈추지도 않았다.

그저 불꽃이 일으킨 섬광의 여파로 인해 그의 전신을 감싸고 있는 투명한 원구의 형체가 순간적으로 나타났다가 사라졌을 뿐이었다.

"호신강기!"

대력귀가 경악했다.

그랬다.

설무백은 단지 호신강기만으로 그가 전력을 다해서 펼친 수라죽선장을 감당한 것이다.

"익!"

이에 대력귀가 더욱 이를 악물며 수중에 든 죽화선을 사방 팔방으로 어지럽게 휘둘렀다.

지지징-!

장내의 공기가 무섭게 진동하며 울었다.

고도로 강화된 수라죽선장의 기세가 연속적으로 설무백의 전면을 강타했다.

그러나 달라지는 것은 하나도 없었다.

설무백은 여전히 무심한 태도로 그를 향해 다가가고 있었다.

굳이 조금 달라진 것을 찾는다면 연속적으로 일어난 불똥으로 인해 투명하게 그의 전신을 감쌌던 호신강기의 형체가 보다 선명하게 드러났다가 사라진 정도였다.

서너 장의 거리였던 그들의 거리가 이제 일 장도 안 되게 좁혀졌다.

대력귀의 눈빛에 경악과 불신에 이어 좌절과 절망이 보였다.

설무백은 그저 다가섰을 뿐 아무런 행동도 취하지 않았으나, 대력귀는 감히 항거할 수 없는 공격을 받고 막대한 내상을 입은 것처럼 느낀 것 같았다.

"으으……!"

절로 신음을 흘린 대력귀의 눈동자가 힘겹게 흔들렸다.

설무백은 의미심장하게 경고했다.

"그러지 마라. 빠져나갈 구멍은 없다. 나는 그나마 너를 수용할 마음이 남아 있지만, 내 동료들은 그렇지 않을 거다. 아직은 다들 사나울 뿐 매끄럽지 못하고 서툴러서 네가 크게 다칠 수도 있다."

혈영과 사도가 그의 말과 동시에 대력귀의 좌우측에서 칼을 뽑아 든 모습으로 나타났다.

대력귀는 그들을 쳐다보지도 않았다.

사실을 말하자면 설무백의 경고는 전혀 쓸데가 없었다.

설무백의 엄청난 존재감과 무거운 위압감에 짓눌린 그는 이미 항거불능의 상태에 빠져서 도망칠 생각조차 하지 못하고 있었다.

그리고 이내.

"으아아아……!"

대력귀는 폭발했다.

구석에 몰린 쥐가 고양이를 문다는 격이었다.

그는 비명과도 같은 괴성을 내지르며 설무백에게 달려들었다.

사력을 다한 듯 빠르게 앞으로 뻗어진 그의 주먹이 설무백의 복부를 파고들었다.

빡—!

둔탁한 타격음이 터졌다.

넋이 나간 상태에서 물불 안 가리고 사력을 다해 휘두른 주먹이 사람의 육신은커녕 바위도 박살 낼 만큼의 경력을 담아 여지없이 설무백의 복부를 강타한 것이다.

그러나 설무백은 피하지도, 막지도 않았다.

대력귀의 막강한 공격 이후에 상처 하나 없이 그대로 서 있는 그의 모습이 그 이유를 대변했다.

무백이 호신강기를 거두었음에도 대력귀의 공격은 그에게 아무런 위해가 되지 않았던 것이다.

거무튀튀한 빛깔로 변한 육체, 철마신공의 극단인 철마지체(鐵魔之體).

무백은 이른바 철마신(鐵魔身)의 경지였다.

"헉!"

대력귀는 주먹이 으스러질 것 같은 고통 속에 크게 당황하며 뒤로 물러났다.

아니, 그러려고 했다.

하지만 그의 뜻대로 되지 않았다.

설무백의 복부를 가격한 주먹이 흡사 아교에 달라붙은 것처럼 떨어지지 않고 있었다.

설무백이 그사이, 손을 들어서 그의 가슴을 가볍게 밀었다.

정말 그렇게 보였다.

그 어떤 기운도 담겨 있지 않은 것 같은 손바닥으로 그의 가슴을 슬쩍 밀어 버린 것 같았다.

그러나.

"크으윽!"

대력귀는 가슴이 움푹 파이고 등이 불룩하게 튀어나오며 소름끼치는 고통 속에 뒤로 나가떨어졌다.

그는 반사적으로 겨우 일어나긴 했으나, 이내 새우처럼 허리를 접으며 왈칵 한모금의 피를 토했다.

천기혼원공의 조화로 하나처럼 융합된 구철마수와 청마수의 괴력이 그의 내부를 완전히 뒤흔들어 버린 것이다.

그러나 정작 그런 그를 보고 놀란 것은 설무백이었다.

허무하게 나가떨어진 대력귀를 보고 놀란 것이 아니었다.

적당한 힘 조절을 했기에 대력귀가 죽거나 하는 일은 없었다.

다만 그는 이제야 대력귀의 진정한 정체를 알아차렸다.

그는 떨떠름한 표정으로 대력귀의 가슴을 밀었던 손바닥을 일별하며 쓰게 입맛을 다셨다.

"어째 너무 까다롭고 까칠하다고 생각했더니, 여자였구나, 너?"

그랬다.

대력귀는 여자였다.

비록 천 같은 것으로 돌돌 말아서 감추긴 했으나, 설무백은 순간적으로 스친 손바닥의 감촉만으로 그녀의 가슴에서 사내에게서는 도저히 느낄 수 없는 이질감을 느끼고 곧바로 알아차릴 수 있었다.

대력귀가 고개를 쳐들고 잡아먹을 듯이 그를 노려보았다.

여자의 수치는 죽음을 능가하는 것인지, 그의 한마디에 허탈한 무력감에서 벗어나 살기를 드높이고 있었다.

대력귀가 당장이라도 죽기 살기로 달려들려는 그때,

"여자라고 다 까다롭고 까칠하다고 생각하는 것은 주군의 편견이에요. 그렇지 않은 여자도 얼마든지 있으니까요."

낭랑한 목소리가 들려와 대력귀의 행동에 제동을 걸었다.

이윽고, 설무백의 곁에서 모습을 드러낸 그 목소리의 주인공은 바로 사문지현이었다.

설무백과 더불어 장내의 사방에 포진한 공야무륵과 혈영, 사도와 달리 개미굴로 나선 화사처럼 다른 모종의 일로 내내 자리를 비우고 있던 그녀가 돌아온 것이다.

"그렇다고 치고……."

머쓱한 표정으로 어깨를 으쓱인 설무백은 자못 눈을 빛내며 재차 물었다.

"그래서 결과는?"

사문지현이 묘하게 슬쩍 방양의 눈치를 보며 대답했다.

"역시나 용하세요. 모든 것이 주군의 예상대로입니다."

설무백은 묵묵히 고개를 끄덕였다.

그는 가만히 손을 들어서 더 이상의 설명은 필요 없다는 뜻을 그녀에게 전하며 대력귀에게 시선을 고정했다.

"네 생각을 존중하마. 그 옛날에 살다가 죽은 사람들이 지금의 너와 무슨 상관이 있을 것이냐. 하지만 그렇지 않은 사람도 있다. 오늘 네가 살아남는 것은 바로 그 때문이다. 무슨 연유로 이따위 지저분한 일에 끼어든 것인지는 모르겠으나, 다시는 내 눈앞에 나타나지 마라. 너와의 인연은 그것으로 정리하겠다."

대력귀가 흔들리는 눈빛으로 피가 나도록 입술을 깨물며 설무백을 노려보았다.

설무백은 그런 대력귀에게 더는 관심을 주지 않고 돌아서서 방양을 향해 말했다.

"가자."

방양이 어리둥절해서 물었다.

"어디를……?"

설무백은 무심하게 돌아서며 대답했다.

"홍화헌(紅花軒)."

방양의 눈이 커졌다.

홍화헌은 그의 계모이며, 방 장자 방소의 첫째 부인이자, 북경상련의 대모, 대부인인 매 씨, 매정방의 거처였다.

"아, 아니, 거긴 왜……?"

부리나케 설무백의 뒤를 따르며 말을 더듬은 방양의 얼굴에는 의혹을 넘어서서 불안과 초조의 그림자가 짙게 드리워져 있었다.

홍화현은 방 장자가 보유한 다섯 채의 별채들 중에서 가장 크진 않지만 가장 화려했다.

다만 화려하되 잡스럽지 않게 단아한 느낌을 주는 외관이었고, 내실 또한 그와 같았다.

분명 이것저것 꾸민 것은 많았으나, 그중에서 없어도 될 것은 하나도 눈에 띄지 않았다.

용과 봉이 수놓인 비단 보료에 앉아서 자수를 뜨고 있던 대부인 매 씨, 매정방도 그와 어울리게 정갈한 모습이었다.

대체 얼마나 세심한 공을 들이면 이런 모습을 유지할 수 있을까?

대부인 매정방은 분명 방 장자보다 여덟 살이나 연상으로, 육순을 훌쩍 넘은 나이임에도 불구하고 주름은커녕 잡티 하나 없이 깨끗한 얼굴에 백옥 같은 손을 가진 중년 미부의 외모를 유지하고 있었다.

그래서인지 정갈하게 늙어 간다는 느낌보다는 어떻게든 세월을 거스르려는 욕심이 엿보인다는 인상이 강했는데, 눈빛만큼은 그 어떤 노회한 사람보다도 더 깊고 그윽해서 누구라도 쉽게 범접하기 어려운 모습이었다.

그런 그녀가 만면에 웃음을 지으며 그들을 맞이했다.

정확히는 같이 들어온 설무백에게는 시선조차 주지 않고 방양만을 눈에 넣어도 전혀 아프지 않을 것 같다는 기색으로 쳐다보며 반기고 있었다.

"네가 이 야심한 시간에 어떤 일이냐? 설마 기특하게도 요즘 이 어미가 홀로 적적해한다는 얘기를 듣고 찾아온 게냐?"

방양이 대력귀로 인해 깨어난 것은 잠에 빠진 지 세 시진이 지난 무렵이었다.

초저녁인 유시(酉時 : 오후 5-7시)경에 잠들었으니, 지금은 야밤인 축시(丑時 : 오전 1-3시)였다.

가족이라도 선뜻 방문을 두드리기 곤란한 시간이었음에도 매정방은 당황하거나 싫은 기색 하나 없이 반갑게 그를 맞이했다.

하지만 방양은 그런 매정방의 태도에도 불구하고 전에 없이 차가웠다.

무심하다 못해 냉정하게 가라앉은 모습이었다.

오는 길에 설무백에게 전후 사정을 전해 들은 그는 더 이상 전처럼 계모인 매정방 앞에서 웃을 수가 없었다.

결국 그는 오면서 건네받은 설무백의 충고도 잊은 채 격해진 감정을 드러냈다.

"왜 그러신 겁니까, 어찌하여 저를 해치려 하신 겁니까, 어머님!"

날벼락처럼 뜬금없이 토해진 그의 말을 듣고도 매정방은 전혀 놀라지 않았다.

놀라기는커녕 입가의 미소를 지우지 않은 채 슬쩍 설무백을 일별하며 물었다.

"재미있는 얘기를 하는구나. 저, 아이가 그리 말하더냐? 이 어미가 너를 죽이려 한다고?"

방양은 털썩 무릎을 꿇으며 사정했다.

"말씀해 주십시오, 어머님! 어째서 왜, 저는 안 되는 겁니까?"

매정방이 슬며시 그를 외면하며 자수를 떴다.

그리고 아무렇지도 않게 태연히 대꾸했다.

"진정 몰라서 묻는 게냐? 너는 주워 온 아이가 아니더냐."

방양은 충격을 받은 모습으로 굳어졌다.

매정방이 여전히 차분한 모습으로 멈추지 않고 자수를 뜨며 계속 말했다.

"어떤 놈의 씨고, 어떤 계집년의 배에서 나왔는지도 모르는 너에게 어찌 우리 가문의 대를 이을 수 있을까. 가당치도 않은 일이다."

방양이 창백해진 얼굴로 부르르 몸을 떨었다.

감당하기 어려운 충격으로 인해 머리가 하얗게 비워져 버렸는지 동공이 풀려 있었다.

그러나 그도 보통의 범주를 넘어선 사내였다.

그는 지그시 입술을 깨물어서 피를 내는 것으로 정신을 차렸다.

여전히 감정을 이기지 못해서 몸을 떨고 있으나, 한결 차분해진 모습이었다.

그리고 냉정하게 물었다.

"하면, 아버님은 왜 그리하신 겁니까? 저 하나 사라지면 되었을 일을 가지고 어째서 아버님에게까지 그리 모질게 구신 겁니까?"

매정방이 역시나 태연하게 대답했다.

"너를 집으로 들이지 않았느냐. 그리고 후계자로까지 삼았지. 그간에 저지른 그 모든 추잡한 짓을 다 용인해 준 내 반대에도 불구하고 말이다."

방양은 이제 더 이상 떨지 않았다.

극도로 감정이 격해져 오히려 화조차 나오지 않는 차분한 상태로 변한 것일지도 모른다.

그는 평소보다도 더 차분하고 냉정한 기색이었다.

그 상태로, 그가 다시 물었다.

"제게 미리 말씀해 주시지 그랬습니까. 그랬더라면 일이 이 지경까지 가지는 않았을 것 아닙니까."

방양의 말을 들으면서도 자수에서 손을 떼지 않고 있던 매정방의 입가에 미소가 번졌다.

"이 지경이 대체 어떤 지경이라는 게냐?"

방양이 대답했다.

"핏줄들이 서로 죽일 듯이 반목하고, 가솔들은 제 실속을 챙

기느라 가문의 일은 뒷전입니다. 자기 살 길을 찾아서 한몫 단단히 빼돌려 놓거나, 이미 빼돌려서 야반도주한 가솔들도 적지 않습니다. 그리고 아버님은 사경을 헤매고 계신데, 그 누구도 찾아오는 이가 없습니다."

그는 물었다.

"이게 정상으로 보이십니까, 어머님?"

자수를 뜨던 매정방의 손길이 멈췄다.

방양은 그에 상관하지 않고 계속 말했다.

"소자도 그 속에 섞여서 단단히 한몫을 하고 있지요. 눈에 불을 키고 핏줄들 중에 누가 내 앞길을 막는 적인지 찾아서 제거하려 발악하고 있습니다. 그 와중에 어머니는 그런 저를 죽이기 위해 자객을 샀고 말입니다."

그는 처연한 미소를 지으며 거듭 물었다.

"어떻게 생각하십니까, 어머님? 우리 가문 정말 멋지게 잘 돌아가는 것 같지 않습니까?"

손길을 멈춘 매정방의 눈빛이 서서히 흔들리더니, 이내 더할 수 없이 표독스럽게 변했다.

원한에 사무친 눈빛이었다.

그리고 폭발했다.

이성을 잃은 그녀가 손에 쥐고 있던 자수 판을 발작적으로 방양에게 내던졌다.

방양은 피하지 않았다.

퍽-!

자수 판이 날아와서 방양의 머리를 쳤다.

자단목으로 만들어진 자수 판이 부서지며 그의 이마에서 피가 흘러내렸다.

방양은 줄줄 흘러내리는 피를 닦을 생각도 하지 않고 매정 방을 바라보고 있었다.

매정방이 부릅뜬 눈, 시퍼레진 서슬로 그런 그를 노려보며 악을 썼다.

"그게 다 네 탓이다! 아니, 그 잘난 방소 때문이다! 그래서 죽어도 싸다고 생각했다! 그런데 나름 그리 공을 들여 구한 자 객까지 이따위로 일을 그르치다니, 참으로 분하고 원통하기 짝이 없구나!"

방양은 어디까지나 냉정하게 물었다.

"어째서 그렇습니까?"

매정방이 치를 떨며 말했다.

"나는 끝까지 반대했었다! 내 가문을 누구 씨인지, 어느 년 의 배에서 받아 왔는지 모를 너 따위에게 줄 수는 없었다! 하 늘이 두 쪽 나도, 내 눈에 흙이 들어가도 그 꼴만은 절대 볼 수 없다고 했다! 그런데도 그 작자는 내 말을 무시했다! 그간 그 모든 방탕한 생활을 용인해 준 내 말을 귓전으로도 듣지 않 았어! 그래서 그랬다! 용서할 수 없었다!"

싸늘하게 웃은 그녀가 더욱 언성을 높였다.

한번 폭발한 그녀의 분노는 터진 봇물처럼 거침이 없었다.

"이 가문이, 우리 북경상련이 그 작자의 손으로 이루진 줄 아느냐? 턱도 없는 소리!"

그녀는 자신의 가슴을 거친 소리가 나도록 치고 또 치며 악을 썼다.

"나다! 내가 만들었다! 내 집안의 여력까지 몽땅 끌어다가 내 손으로 직접 이뤘다! 그 작자가 한 것이라고는 그 잘난 머리로 셈을 하고, 그 잘난 얼굴로 첩이나 거느리며 앞에 서 있었던 것뿐이다! 이런 우리 가문을 어찌 그 작자가 주워 온 너에게 줄 수 있단 말이더냐! 어림없다! 내 눈에 흙이 들어가도 절대, 절대로……!"

목청이 찢어져라 악을 쓰던 그녀가 갑자기 소스라치게 놀라며 입을 벌린 채 얼어붙었다.

참담한 표정으로 그녀를 바라보고 있던 방양도 절로 눈이 휘둥그레졌다.

내실의 문이 열리며 방소, 방 장자가 걸어 들어왔기 때문이다.

"아, 아버님?"

방양이 얼빠진 얼굴을 하고, 뒤늦게 입을 뗀 매정방이 말을 더듬었다.

"다, 당신이 어떻게……?"

방 장자는 마르고 핼쑥한 얼굴에 두 눈가가 퀭하긴 해도 밀쩡한 모습이었다.

그런 모습의 그가 뒷머리를 긁적이며 계면쩍어하는 미소를
흘렸다.

"당신이 그런 아픔을 품고 있는 줄은 정말 몰랐구려. 과연
내 잘못이 크오. 내가 너무 무심했음을 인정하오."

매정방이 뭐라고 말은 못하고 뚫어지게 방 장자를 직시하
며 바르르 입술을 떨었다.

잠시 그런 그녀를 주시하던 방 장자가 슬쩍 고개를 돌려서
방양에게 말했다.

"잠시 자리를 좀 비켜 주겠느냐?"

아직 놀람의 충격이 가시지 않은 방양이 어쩔 줄을 몰라 하
자 설무백은 가만히 손을 내밀어서 그런 그의 어깨를 잡고 일
으켜 조용히 내실을 빠져나왔다.

밖으로 나오기 무섭게 방양이 물었다.

"너는 알고 있었던 거냐?"

설무백은 어깨를 으쓱했다.

"아니."

방양이 미심쩍은 눈초리로 쏘아보았다.

"그게 말이 되냐? 몰랐다면 어찌 그리 태연할 수가 있다는
거냐?"

설무백은 멋쩍은 표정으로 대답했다.

"나는 너와 달리 세상에 그다지 놀랄 것이 없거든."

    방양이 어처구니가 없다는 표정으로 물끄러미 그를 바라보았다.

    이걸 믿어야 할지 말아야 할지 모르겠다는 태도였다.

    설무백은 그제야 특유의 미온한 미소를 흘리며 솔직한 속내를 털어놓았다.

    "의심은 하고 있었다."

    "의심?"

    방양이 눈을 빛내며 물었다.

    "어떻게? 무엇을 보고?"

    설무백은 사정을 말했다.

    "사도가 그러더군. 진즉에 죽어야 할 분이 죽지 않고 있었다고. 방 숙부가 쓰러진 이후부터 지금까지 마파산을 투여했다면 치사량이 넘었어도 한참을 넘었을 텐데, 의외로 멀쩡한 편이라고 하더라. 그래서 처음에는 너를 의심했지."

    "나를? 왜? 아니, 무슨 의심?"

    "네가 나름 조치를 취하고도 시치미를 떼는 게 아닌가 했지. 그런데 살펴보니 그게 아니더군. 그래서 방 숙부를 의심했다. 혹시나 방 숙부의 자작극은 아닐까 하고 말이야."

    방양은 도통 설명을 듣고도 모르겠다는 듯 혼란스러워하는 표정이었다.

    "아버님이 왜? 무슨 이유로?"

    설무백은 태연히 추론했다.

"글쎄다. 곪아 터진 상처를 도려내고 싶었던 게 아닐까?"

"······!"

"잘은 모르겠지만, 지금 상황만 놓고 보면 그래. 너로 하여금 나까지 끌어들여서 북경상련 내의 분란을 정리하게 만들었잖아."

방양은 생각을 정리하느라 머리가 복잡한지 입을 다문 채 오만상을 찡그렸다.

그리고 약간의 시간이 흘렀다.

방 장자가 밖으로 나왔다.

"아버님!"

방양이 달려갔다.

방 장자가 자애로운 미소를 지으며 그의 어깨를 가만히 두드려 주었다.

"그래, 그동안 수고 많았다."

방양이 물었다.

"이게 대체 어떻게 된 일입니까, 아버님?"

방 장자가 빙그레 웃으며 대답했다.

"가끔은 나락으로 추락해 보는 것도 나쁘지 않다. 그러면 자연스럽게 주변이 정리되지. 누가 내 적이고, 누가 내 아군이며, 누가 나를 거북해하고, 누가 나를 필요로 하는지 말이다."

"그럼 진정 이 모든 것이······?"

"미안하다. 네게 미리 말하지 않은 것은 네가 너무 여리고 섬세한 아이라 남을 속이는 데 익숙지 않을 것 같아서 그런 것이니, 다른 오해는 말거라."

방양은 반쯤 넋이 나간 표정으로 설무백을 쳐다봤다.

세세한 설명이 덧붙여지긴 했으나, 결국 설무백의 추측과 일치하는 말이었다.

설무백은 그제야 나서며 말했다.

"제게도 인사는 해 주셔야 하는 것 아닙니까, 방 숙부님?"

그 말에 방 장자가 하하 웃으며 그에게 다가와 방양에게 했던 것처럼 어깨를 두드려 주었다.

"그야 당연하지. 네가 없었다면 내가 어찌 이 같은 꼼수를 부릴 수 있겠느냐. 수고했고, 고맙다."

방양이 조심스럽게 물었다.

"하면, 어머님은……?"

방 장자가 별다른 기색 없이 웃으며 대답했다.

"네 어미는 당분간 여행을 떠나기로 했다."

방양은 화들짝 놀랐다.

"아버님!"

방 장자가 짐짓 눈총을 주었다.

"때기, 이놈! 이 아비를 어떻게 보고! 하하하……! 오해 말거라. 여행이다, 여행. 이 아비도 같이 다녀올 생각이다. 그간 네어미가 골방에서만 지내느라 쌓인 분이 많은 것 같으니, 어쩌겠느냐. 이 아비가 풀어 줘야지. 하하하……!"

방양이 그제야 철렁했던 가슴을 쓸어내렸다.

그는 방 장자의 얘기를 다른 쪽으로 오해했던 것이다.

"별빛이 참 흐드러지네."

밤하늘을 보며 돌아선 방 장자가 말했다.

"어서 따라 오거라. 갈 때 가더라도 애들 얼굴은 한번 보고 가야 하지 않겠느냐."

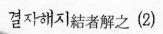
결자해지 結者解之 (2)

방 장자는 가문의 첫째 방세아에서부터 시작해서 막내인 방아설(防阿雪)까지 하나도 빠트리지 않고 일일이 거처를 방문해서 만났다.

잠자리에 들었던 그들은 사경을 헤매던 아버지의 느닷없는 방문에 소스라치게 놀랐고, 꿈에서 아직 깨지 않았다고 생각했는지 자신의 볼을 꼬집는 사람도 있었으나, 결국은 현실을 인지하며 방 장자와 조용한 대화를 나누었다.

그렇듯 모든 가족과의 대면을 끝낸 방 장자는 부총수 연소동과 오대산인, 그리고 집법당주 생사관 맹연보를 한 자리에 불러 모았다.

연소동과 오대산인은 몰라도 맹연보가 그 자리에 함께한

것은 설무백에게도 의외의 일이었다.

설무백은 그간 못내 맹연보를 의심스럽게 보고 있었기 때문이다.

그런데 방 장자와 맹연보의 풍자적이면서도 의미심장한 대화가 그런 그의 의심을 말끔히 씻어 주었다.

"빼돌린 마파산은 팔아서 자네 살림에 보태 써."

"이미 팔아서 아들 놈 장가 밑천에 보태는 중입니다."

맹연보는 이미 모든 내막을 알고 있었다.

그는 북경상련 내에서 유일하게 방 장자의 자작극을 도운 조력자였던 것이다.

방 장자는 그렇게 떠났다.

대모 매 씨와 함께 노복 하나만을 대동한 채 새벽의 여명을 받으며 사라졌다.

사전에 어떤 조치를 했는지는 모르겠으나, 굳이 다른 부인들을 만나지 않고 길을 떠난 것은 아마도 매 씨를 위한 최대한의 배려일 것이다.

대문까지만 배웅을 하고, 방 장자와 대모 매 씨가 저 멀리 사라진 후에도 한동안 자리를 뜨지 못하고 있던 방양이 불쑥 말했다.

"이것으로 다 된 건가?"

설무백은 짧게 대꾸했다.

"너는 다 됐다."

천외천의
주인

그리고 덧붙였다.

"내 일만 남았지."

방양은 적어도 그 자리에서는 설무백의 말을 조금도 이해하지 못했다.

무언가 의미심장했으나, 그게 어떤 의미인지는 전혀 감이 오지 않았다.

설무백이 그 자리에서 작별을 고하고 떠났기에 더욱 그럴 수밖에 없었다.

어쩌면 순수하게 자신의 일을 말하는 것인지도 모른다.

방양은 그렇게 치부하며 설무백의 말을 잊어버렸으나, 그게 아니었다.

설무백이 떠난 다음 날이 되자, 그는 자연히 그것을 깨닫게 되었다.

평소라면 우연히 만나도 인상을 쓰며 외면하던 매부들이 하나씩 둘씩 그를 찾아와서 애써 점잖게 혹은 전에 없이 아양을 떨며 우의를 다졌다.

다리를 절거나 팔에 붕대를 감은 채 시퍼렇게 멍든 눈두덩이로 웃는 그들의 모습이 그가 무시해 버린 의문의 답이었다.

설무백이 손을 쓴 것이었다.

모두가 돌아가고 홀로 집무실에 앉아 있던 방양은 불쑥 언성을 높여서 소리쳤다.

"야, 이놈아! 나 북경상련의 총수인 방양이야, 방양! 앞으로 한 번만 더 내 매부들에게 손대면 가만두지 않을 줄 알아!"

그리고 이내 기분 좋게 웃고 다시 한숨을 내쉬며 혼잣말을 중얼거렸다.

"많이 벌어야겠네. 저놈의 뒤를 받쳐 주려면……."

"다른 건 다 그러려니 하고 이해하겠는데, 대모 매 씨가 그리도 쉽게 수긍하고 물러났다는 것이 정말 황당하네요. 도대체 어떻게 그럴 수가 있는 건지 혹시 주군은 아세요?"

설무백은 방양과 작별을 고하고 나서도 나흘 동안이나 더 순천부에 머물다가 풍잔으로 돌아가는 길이었다.

화사가 식사를 하기 위해서 들어간 길가의 객잔에 자리를 잡기 무섭게 기다렸다는 듯 물었다.

설무백은 점소이가 가져다주는 차를 마시고 밑반찬에 손대며 대수롭지 않게 되물었다.

"여자가 한을 품으면 오뉴월에도 서리가 내린다는 말 들어 봤지?"

화사가 고개를 갸웃거리며 대답했다.

"지금 선문답하세요? 제 질문에 그 대답이 왜 나와요?"

설무백은 던지듯이 툭 말했다.

"그런 거야."

"예?"

화사가 어이없다는 표정으로 그를 바라보았다.

"대체 그게 무슨 말 같지 않은 소리예요? 제 말은 그래서 더욱 이해할 수 없다는 거잖아요."

설무백은 시큰둥하게 대답했다.

"오뉴월에 내린 서리가 얼마나 가겠나?"

화사가 잠시 눈을 끔뻑거리다가 스스로 생각해도 이상하게 어이가 없다는 듯 실소했다.

"그것 참 묘하게 설득력 있네요. 그렇죠. 오뉴월 땡볕에 서리가 오래갈 순 없죠."

설무백은 그녀의 수긍과 무관하게 슬쩍 사문지현을 바라보며 물었다.

"여기가 어디쯤이지?"

옷매무세를 정갈하게 매만진 사문지현이 습관처럼 점소이가 가져다 놓은 수저를 가지런히 놓다가 멈추며 대답했다.

"산서성으로 접어든 지 한나절이 지났으니, 태원부(太原府) 남부 어디쯤 될 거예요. 그런데 그건 왜……?"

설무백은 혼자서 납득하며 중얼거렸다.

"어쩐지 눈에 거슬리는 애들이 보인다 했더니, 그래서였군.

어느새 접경 지역과 가까워져 있었어."

사문지현이 그의 시선이 던져진 방향으로 돌려졌다.

북적거리지는 않으나, 적지 않은 사람들이 자리한 객잔의 구석이었다.

험상궂은 사내들 서넛이 둘러앉아서 술과 음식을 먹고 있었는데, 노골적으로 자신들을 바라보고 있었다.

그녀와 시선이 마주친 사내 하나는 한 쪽 눈을 찡긋하는 추파까지 던졌다.

그녀는 대수롭지 않게 사내를 외면하며 말했다.

"접경 지역과 가까운 거지, 접경 지역은 아니에요. 여긴 황하 안쪽이고 접경 지역은 장강을 기점으로 나뉘니까요. 거기끼지 못해서 욕구불만이 쌓여 있는 동네 파락호들이니까, 신경 끄세요."

하지만 설무백은 그래도 자리를 털고 일어났다.

"동네 양아치 위에 그 지역 고수가 있고, 그 지역 고수 위에 그 지방의 패주가 있는 것이 무림 흑도지. 귀찮은 분란 일으키지 말고 나가자. 괜한 애들 죽여서 좋을 게 뭐냐."

사문지현이 싫지만 어쩔 수 없다는 듯 따라 일어나며 툴툴거렸다.

"가끔 보면 이상하게 자애로우시더라? 명가의 후손들은 그리 개 패듯이 패면서 맞아 죽어도 싼 저 따위 파락호들은 피하시니, 정말 알다가도 모르겠네요."

화사가 그런 그녀와 어깨동무를 하고 밖으로 나서며 말했다.

"똥이 어디 무서워서 피하나요. 더러워서 피하는 거지. 그게 다 우리 주군의 매력인 거예요, 언니."

사문지현이 턱을 당기며 물끄러미 화사를 바라보았다.

질겁은 아니자만, 적잖게 당황한 태도였다.

"내가 언니였어?"

"어머?"

화사가 자못 섭섭하다는 듯 눈을 깜빡이며 말했다.

"정말 너무하시네. 저 이래 봬도 열아홉밖에 안 됐어요, 언니."

사문지현이 이런 쪽으로는 뻔뻔스럽지 못한지 얼굴을 붉히며 사과했다.

"미안, 미안. 너무 조숙해 보여서…… 아니, 그러니까, 외모가 아니라 행동거지가 말이야."

그때 설무백과 공야무륵을 따라서 밖으로 나선 그녀들의 뒤에서 누군가 말을 건넸다.

"이봐, 너희. 어디 기루에서 마실 나왔는지는 몰라도 우리와 좀 놀다가지 그래? 이래 봬도 하룻저녁 후끈하게 해 줄 정력은 가진 몸인데, 어때? 구미 당기지 않아?"

조금 전 사문지현에게 추파를 던지던 사내였다.

그자와 그자의 일행인 사내들이 그녀들을 따라서 밖으로 따라 나온 것이었다.

화사의 눈이 돌아갔다.

"이런 개 쌍……!"

누가 말릴 틈도 없이 그녀의 신형이 사내들을 향해 화살처럼 쏘아졌다.

다섯 명의 사내가 대번에 개구리처럼 바닥에 패대기쳐지고, 이내 곡소리가 시작되었다.

화사가 인정사정없이 개 패듯이 두들겨 패고 있었다.

설무백은 머쓱해하는 사문지현과 눈이 돌아간 화사를 향해 손을 내저으며 돌아섰다.

"참으로 조숙도 하지."

사문지현이 무색해진 얼굴로 그런 그의 뒤를 따라붙으며 나직이 물었다.

"……그보다 저 친구는 어쩌실 셈이죠?"

화사를 두고 하는 말이 아니었다.

객잔과 조금 떨어진 곳에서 서성거리다가 눈치를 보며 슬그머니 그들의 뒤를 따르는 사람이 하나 있었다.

남장을 한 대력귀였다.

설무백은 대수롭지 않게 그녀를 외면하며 발걸음을 재촉했다.

"식사는 다음에 만나는 객잔에서 하도록 하지."

화사가 태원 남부 어름에서 치근덕거리던 사내들을 반병신으로 만든 것을 제외하면 설무백 등이 풍잔으로 돌아오는 길은 매우 순조로웠다.

당연한 일이었다.

남북이 선전포고를 하고 전면전을 개시했다고는 하나, 아직은 접경 지역에서조차 지엽적인 싸움이 다였다.

지난날 무한에서 벌어진 대규모 전투 이후부터 그런 양상이 강해졌다.

종종 들려오는 요인 암살과 전초기지의 붕괴가 그들의 싸움을 대변하고 있을 뿐이었다.

남북 모두가 사활을 건 싸움을 기피하고 있는 것이었다.

혹자들은 서로가 치밀하게 기회를 엿보는 것이라고 말하지만, 설무백은 전생의 기억 덕분에 그게 아니라는 사실을 익히 잘 알고 있었다.

남북은 서로 두려워하고 있었다.

가진 것이 많고 지킬 것이 많으면 뺏어 올 것보다 빼앗길 것에 대한 두려움이 더욱 강해지는 것이 변하기 어려운 사람의 마음, 인지상정인 것이다.

작금의 남북이 그랬다.

설무백은 그래서 여유가 있었다.

예상보다, 아니, 그가 알고 있는 사실보다 일찍 남북대전이 발발해서 못내 걱정했는데, 모든 정황이 그가 아는 바대로 돌아가는 모양새였다.

남북전쟁은 살얼음판 같은 이 상태로 십 년을 넘기고 나서야 새로운 전기를 맞이한다.

흑도의 팽창과 정체 모를 암중 세력의 등장으로 인해 맞이하는 그때서야 비로소 강호 무림의 재앙이라고 불리는 암흑의 시대가 도래하는 것이다.

'나로 인해 역사의 일부가 변했다고 해도 기본적은 틀은 바뀌지 않았다. 작금의 상황이 그것을 대변하고 있다.'

설무백의 여유는 대성을 이룬 자신의 성과에 앞서 바로 그처럼 자신만이 알고 있는 역사에 기인하고 있었다.

그러나 다른 사람들은 전혀 그렇지 않았다.

작금의 소강사태를 폭풍 전야로 보는 사람들이 대부분이었다.

설무백이 풍잔으로 돌아왔을 때, 막무가내로 좋아라하다가 그의 눈총에 밖으로 내몰린 환사와 천월은 천성이 그러려니 해도, 예충이 천타 등과 함께 멀리까지 나가서 순찰을 도느라 자리를 비운 것과, 내내 까칠하게 그를 대하는 제갈명의 태도는 아마도 그 때문일 것이다.

"어딜 다녀올 때마다 무얼 하나씩 달고 오시네요. 이번에는 동자입니까? 설마 취향이 그쪽인 건 아니시죠?"

대력귀를 두고 하는 소리였다.

눈치를 보면서도 묵묵히, 그리고 꿋꿋이 풍잔까지 따라온 대력귀는 끝내 그의 거처에까지 들어와 있었다.

제갈명은 남장을 한 그녀를 동자로 오인하고 있었다.

"동자가 아니라 여자다."

설무배의 말을 들은 제갈명이 창가에 서서 밖을 내다보고 있는 대력귀를 새삼스러운 눈길로 훑어보며 수긍했다.

"어쩐지 용모가 남다르다 했더니, 그렇군요. 이제야 드디어 성에 눈 뜨신 겁니까?"

설무백은 넌지시 경고해 주었다.

"그녀 앞에서는 말을 조심하는 게 좋을 거다. 여차하면 네 목숨을 훔치려 들 테니까."

제갈명이 인상을 썼다.

"그건 또 무슨 자다가 봉창 두드리는 소립니까? 대체 저 여자가 누구라고 내 목숨을 훔쳐요?"

설무백은 그녀를 소개했다.

"작금의 강호 무림에서 가장 유명한 독행대도 대력귀다."

"아……!"

제갈명이 무언가 준비했던 말과는 다른 말을 하려는 듯 벌렸던 입을 잠시 멈추었다가 이내 과장되게 칭송의 말을 늘어놓았다.

"과연! 어쩐지! 첫눈에 예사롭지 않은 기품이다 했습니다!

그런 기품을 가진 분이 왜 남장을 했을까 궁금해서 잠시 주군을 떠본 것인데, 역시나 그렇군요!"

"됐고!"

제갈명의 변화무쌍한 태도는 이제 놀랍지도 않아서 설무백은 그냥 곧바로 제갈명의 말을 자르며 물었다.

"사람들을 내몰고 따로 보자고 한 이유나 어서 말해 봐라. 무슨 일이야?"

설무백이 자신의 곁으로 모여든 풍잔의 요인들을 밖으로 내몬 것은 제갈명의 요청이 있어서였다.

그의 물음에 제갈명은 마치 주변의 누가 들으면 절대 안 된다는 듯 목소리를 낮추어서 말했다.

"사마천조가 주군을 뵙고자 합니다."

"그게 사람들을 다 내쫓고 해야 할 말인가?"

"무슨 일인지는 몰라도 매우 긴한 얘기가 있는 것 같습니다. 독대를 바라거든요."

"그래?"

설무백은 즉시 자리를 털고 일어나서 사마천조를 만나러 갔다. 그리고 예상치 못하게 다시 또 새롭게 변주되는 역사의 갈림길과 마주하게 되었다.

인재人才 ⑴

무슨 금속으로 만들어졌는지는 몰라도 표면을 타고 요사스러운 백색의 광체가 일렁이는 그것은 작은 접시 같은 모양이었다.

사마천조가 돌팔매질을 하듯 손바닥보다 작은 그 금속 접시를 내던지자 비스듬한 곡선의 섬광이 그려졌다.

그리고.

치릿-!

예리한 소음이 울리며 금속 접시가 오래도록 정원을 차지하고 자란 아름드리나무의 중동을 가르며 지나갔다가 반원을 그리며 돌아서 사마천조의 손으로 돌아왔다.

설무백의 뛰어난 시야로도 쉽게 확인하기 어려울 만큼의

빠른 속도였다.

그 바람에 그는 돌아온 금속 접시가 사마천조의 손이 아니라 손목에 착용된 일종의 토시 같은 비갑(臂甲)으로 회수되었다는 사실도 뒤늦게 알아보았다.

돌아온 금속 접시는 사마천조가 손으로 잡은 것이 아니라 마치 자석에 이끌린 쇠붙이처럼 사마천조가 손목에 착용한 비갑에 철컥 하고 달라붙었다.

금속 접시가 가르고 지나간 아름드리나무가 그제야 요란한 비명을 지르며 옆으로 기울어졌다.

우드드드둑—!

설무백은 놀라기에 앞서 재빨리 내공을 운기해서 쓰러지는 아름드리나무 주변의 공기를 차단했다.

안 그러면 풍잔은 물론 인근 사람들까지 그 소리에 놀라서 몰려들지도 몰랐다.

사마천조가 그런 그에게 다가와서 말했다.

"운철(隕鐵)이라는 것이 있습니다. 유성(流星) 혹은 별똥별의 잔재지요. 유성이 떨어지면 대개는 지상에 닿기 전에 다 타버리지만 간혹 그렇지 않고 찌꺼기를 남기는 경우가 있는데, 단단하기가 이를 데 없고 간혹 신기를 담고 있기도 해서 제련하기가 쉽지 않지만, 일단 재련에 성공하면 세상의 그 어떤 명검보다도 강하고 날카로운 예기를 발하지요."

그는 비갑에 달라붙은 혹은 끼워져 있는 금속 접시를 빼서 그에게 보여 주었다.

"이게 바로 그 운철로 제련한 것이고, 비갑은 운철의 강성을 견딜 수 있도록 제가 특수하게 제련한 만년한철로 만든 것입니다. 운철로 만들어진 암기를 회수할 때는 그 어떤 특수한 재질의 장갑도 감당할 수 없고, 정작 운철로는 비갑처럼 정밀한 물건을 제련할 수 없어서 제가 따로 고안한 방법이지요."

그는 잠시 금속 접시와 비갑을 감회 어린 시선을 바라보다가 불쑥 설무백에게 내밀었다.

"아버님과 소인을 포함한 대여섯 명의 장인들이 수십 년간 피와 땀을 흘리며 연구해서 완성한 암기입니다. 두 개를 완성해서 하나는 그들이 가지고 있고, 하나는 제가 가지고 나왔지요. 이 비갑은 제가 그들을 벗어난 이후 지난 오 년 동안 각고의 노력 끝에 어제 드디어 완성한 것입니다. 아마도 이게 저들이 나를 그리도 애타게 찾는 이유일 테지요. 설 대협께서, 아니, 주군께서 올바르게 써 주십시오."

그는 홀가분하게 웃었다.

"주군께서 저와 가족들을 책임져 주셨으니, 마땅히 이것도 드리는 게 옳다고 생각합니다."

설무백은 그에게 건네받은 비갑과 금속 접시를 바라보며 감회에 젖어서 자신도 모르게 중얼거렸다.

"비환(飛幻)……!"

그랬다.

지금 사마천조가 건네준 암기를 그는 이미 알고 있었다.

비환이었다.

그가 가진 전생의 기억에 따르면 수백 아니, 수천 명의 피를 마시게 되는 이 절대 암기 비환은 그의 전생에서 공야무륵과 더불어 희대의 여살성으로 악명을 떨치던 화사의 암기, 아니, 기환병기(奇幻兵器)였다.

당시 소문에 따르면 화사는 우연찮게 죽인 사내의 품에서 비환을 얻었다고 한다.

지금 추론해 보면 당가를 피해 도주하던 사마천조가 다른 누군가에게 비환을 빼앗겼거나 혹은 우연찮게 화사를 만나서 죽임을 당했다는 얘기가 된다.

'사마천조의 무공과 비환을 어느 정도 사용할 수 있다는 것을 두고 볼 때 화사에게 죽임을 당했을 가능성이 더 높겠지.'

이유야 어쨌든 그는 다시금 전생과 다른 새로운 역사의 순간을 마주하고 있었다.

그의 개입으로 인해 사마천조는 죽지 않게 되었고, 죽지 않은 사마천조는 비환을 그에게 넘긴 것이다.

그때 그의 중얼거림을 들은 사마천조가 반색했다.

"비환이라, 참으로 멋지고 적절한 이름입니다. 그간 내내 어떤 이름이 좋을까 궁리했지만 마땅한 이름을 찾지 못했는데, 주군께서 단박에 해결해 주시네요. 과연 천고의 기물은 주인이 따로 있다더니, 이제야 그 뜻을 알겠습니다."

설무백은 가만히 고개를 저었다.

"이건 내 물건이 아니야."

사마천조가 몹시도 당황스러워하는 기색을 드러냈다.

"그런 말씀 마십시오. 저는 이미……!"

설무백은 특유의 미온한 미소를 드리우며 그의 말을 잘랐다.

"하지만 내가 주인을 알고 있지."

사마천조의 기색이 밝아졌다.

"그러면 되었습니다. 어떻게 쓰시든 주군께서 받아 주시는 것으로 저는 만족합니다."

설무백은 비환을 품에 갈무리하고 사마천조를 향해 정중히 공수하며 말했다.

"그대를 포함해서 이 비환을 만든 분들에게 누가 되지 않는 주인에게 전해 주도록 하겠다."

달리 고맙다는 말은 하지 않았다.

은혜는 가슴에 새기는 것이지 말로 남기는 것이 아니라고 생각하며 그는 거처로 돌아왔다.

뒤늦게 나타나서 사마천조의 말을 들은 이후부터 내내 수상쩍게 눈치를 보고 있던 제갈명이 그제야 기대 어린 두 눈을 반짝이며 그에게 물었다.

"혹시 그 주인이 저는 아닌가요?"

그에 설무백은 눈총을 주었다.

"분수에 넘치는 물건을 탐하면 화를 당하는 법이다. 이건 네가 감당할 수 있는 물건이 아니야."

그러자 제갈명이 노골적으로 섭섭하다는 기색을 드러냈다.

"제 분수가 어디가 어때서요? 주군이 워낙 특별한 사람이라서 그렇지, 저도 어디 가서 절대 꿀리는 사람이 아닙니다. 주기 싫으면 그냥 주기 싫다고 하세요. 쳇!"

설무백은 픽 웃고는 비환을 꺼내 보였다.

"이놈은 특별하다. 살아 숨 쉬고 있다. 요기를 품고 있다는 소리다. 그게 태생적으로 그런지 아니면 수많은 생명의 피를 머금고 탄생해서 그런 것인지는 몰라도, 아무나 다룰 수 있는 놈이 절대 아니다. 이놈이 주인을 선택하지. 자신을 믿고 교류할 수 있는 그런 무인을. 너처럼 생각이 많은 녀석과는 절대 어울릴 수 없다는 소리다. 이놈이 너를 거부할 거다."

"무슨 그런 말도 안 되는……!"

제갈명이 터무니없다는 듯 부지불식간에 언성을 높이다가 일그러지는 무백의 미간을 보고는 목소리를 낮추며 손을 내밀었다.

"고작 금속 덩어리를 가지고 별소리를 다 하시네요. 그럴 리가 없지 않지 않습니까. 어디 한번 줘 보세요. 그놈이 정말 나를 거부하는지 보게."

설무백은 대수롭지 않게 수중의 비환을 내밀었다.

제갈명이 자신만만하게 그가 내민 비환을 움켜잡다가 흡

사 붉게 달아오른 숯덩이를 잡은 것처럼 내던지며 비명을 질렀다.

"억!"

설무백은 고도의 허공섭물로 제갈명이 내던진 비환을 수중으로 회수하며 끌끌 혀를 찼다.

"사람이 말하면 좀 믿어라. 너는 어째 허구한 날 그리도 사람의 말을 불신하고 사냐?"

그는 말을 입 밖으로 꺼내고 나서야 사람을 불신하기는 자신도 매한가지라는 사실이 떠올랐으나, 자괴감 따위는 전혀 들지 않았다.

사람은 누구나 나는 해도 되지만 다른 사람은 하면 안 되는 것이 있었다.

그에게는 사람에 대한 불신이 그랬다.

제갈명이 그런 그의 속내는 감히 짐작도 하지 못한 채 비환을 잡았던 손을 연신 주무르며 황당해했다.

"어떻게 이럴 수가 있는 거죠?"

설무백은 혀를 끌끌 차더니 그를 외면하고는 암중의 혈영에게 지시했다.

"혈영, 화사를 불러와라."

암중의 혈영이 두 말없이 바람처럼 사라졌다. 그리고 얼마 지나지 않아서 화사가 달려왔다.

"무슨 일이세요? 내내 붙어 있었으면서 그사이를 못 참고 또 제가 보고 싶었던 거예요?"

설무백은 절로 한숨을 내쉬었다.

어째 점점 더 노골적으로 들이대는 화사였다.

그게 못내 부담스러워서 생각을 바꿀까 하던 그는 이내 그냥 무시해 버리고 그녀에게 비환을 내밀었다.

"사마천조가 만든 신물이다. 네 암기술과 어울릴 테니, 요긴하게 써라. 물론 내력은 비밀이다. 무슨 뜻인지 알지?"

화사는 이미 그의 말을 듣고 있지 않았다.

그녀는 암기를 다루는 무인답게 첫눈에 그가 건넨 비환에 홀려서 정신을 못 차리고 있었다.

"와, 무슨 이런 애가 다 있어요! 이놈 이거 완전히 천품(天品), 아니, 신품(神品)이네요!"

제갈명이 비환을 받아 들고도 멀쩡한 그녀를 보고 놀라서 눈을 끔뻑거리다가 넌지시 물었다.

"아무렇지도 않아?"

화사가 제갈명을 흘겨보고 말았다.

"뭐라는 거야?"

제갈명이 재차 물었다.

"불덩이를 만진 것처럼 막 아프거나 하지 않냐고?"

화사가 어이가 없다는 눈초리로 제갈명을 보았다.

"왜 그래야 하는데?"

제갈명이 답답하다는 듯 가슴을 치며 집요하게 따졌다.

"주군의 말로는 그게 살아 있다는데? 그래서 막 요사스러운 짓도 하고 그런다고. 너는 그 말이 믿어지냐?"

화사가 더러운 물건을 보듯 혹은 미친놈을 보듯 턱을 당기고 제갈명을 쳐다보며 말했다.

"너 바보냐? 살아 있잖아?"

"엥?"

제갈명이 얼빠진 얼굴로 변했다.

화사가 정신 좀 챙기라는 듯 그를 흘겨보고는 설무백에게 넙죽 감사를 표하며 신나서 밖으로 나갔다.

"고맙습니다. 주군의 마음으로 알고 애지중지 간직하며 요긴하게 쓸게요."

제갈명이 귀신에 홀린 표정으로 고개를 절레절레 흔들었다.

"정말이네. 무시무시하네. 가뜩이나 암호랑이 같은 애에게 날개를 달아 주었네."

"그래야지. 내가 탈 호랑이니까."

"타요⋯⋯?"

설무백은 인상을 썼다.

제갈명은 대뜸 골치가 아프다는 듯이 두 손으로 이마를 잡으며 돌아섰다.

"저도 이만 나가 보겠습니다. 아무래도 가서 좀 쉬어야겠어요."

설무백은 방을 나서는 그에게 물었다.

"대력귀는 어디에 있지?"

사마천조를 만나러 갈 때 당연히 방에서 기다리고 있겠거니 하고 그냥 나갔는데, 돌아와 보니 대력귀가 없었다.

그럼에도 내내 별다른 걱정을 하지 않은 것은 사마천조와 만나는 자리에 뒤늦게 나타난 제갈명이 무언가 조치를 취했을 것이라고 생각했기 때문이다.

다른 건 몰라도 그런 쪽으로는 머리가 빠르게 돌아가는 제갈명이었다.

과연 그랬다.

제갈명이 밖으로 나서며 말했다.

"환사 호법에게 그녀의 정체를 알려 주었으니, 지금쯤 끼리끼리 어디 모여서 수다 떨고 있겠지요."

설무백은 묵묵히 고개를 끄덕였다.

과연 그런 쪽으로는 비상하게 머리를 굴리는 제갈명이었다.

대력귀가 어떤 마음으로 그를 따라왔는지는 모르겠으나, 환사와 천월이라면 충분히 그녀의 마음을 녹이고 한 식구로 이끌 수 있을 터였다.

그는 그런 생각으로 마음을 놓으며 자리를 털고 일어나서 후원 별채로 향했다.

그가 돌아왔음을 알고도 감감무소식인 후원 별채의 무리,

즉 천이탁과 막 장로 등 북개방의 걸개들이 못내 신경 쓰이기도 했지만, 그에 앞서 이제 본격적으로 그들의 정보력을 활용할 일이 있었기 때문이다.

'나서기 좋아하는 천이탁이 얼굴을 내밀지 않은 것은 자리를 비웠기 때문일 테고…….'

과연 설무백의 예상대로 거의 완벽하게 개방의 소굴로 변한 후원 별채에도 천이탁은 보이지 않았다.

대신 평소 그를 그다지 반기지 않던 막 장로가 전에 없이 지극정성으로 환대했다.

"어서 오시오, 대당가. 귀가했다는 얘기는 들었지만, 우리가 나설 입장은 아닌 것 같아서 조용히 있었소이다."

설무백은 머쓱했다.

대당가라는 호칭은 차치하고, 전에 없이 그를 환대하는 막 장로의 태도가 어색하기 이전에 수상쩍었다.

그때 암중의 혈영이 전음으로 알려 주었다.

ㅡ환사 호법이 여기 별채를 한차례 들었다 났다고 합니다. 조금이라도 주군의 명령을 무시하거나 누가 되는 행동을 할 시에는 북개방의 총단이 쑥대밭을 변할 줄 알라고 경고했다는…… 다른 걸개들은 말할 것도 없고, 발끈해서 나선 막 장로도 곡소리가 나도록 두들겨 맞았다고 하네요.

설무백은 내심 고소를 금치 못했다.

어째 막 장로의 눈두덩이가 검푸르게 보인다 했더니, 그런 사연이 있었던 것이다.

그는 내색을 삼가며 말했다.

"그건 신경 쓰지 마시오. 나도 그러리라 짐작하고 있었소. 그보다……?"

막 장로가 미처 그의 말이 끝나기도 전에 웃는 낯으로 나서며 자리를 권했다.

"우선 앉으시오, 대당가. 그간의 정보를 통한 무림의 동향부터 보고 드리겠소이다."

설무백은 대략적이나마 이미 무림의 동향을 파악하고 있었으나, 막 장로의 배려를 무시하기도 난감했고, 그가 모르는 다른 정보가 있을 수도 있다는 생각이 들어서 기꺼이 시키는 대로 자리에 앉아서 묵묵히 그의 보고를 경청했다.

다만 새로운 정보는 없었다.

그는 막 장로의 보고가 끝나고 나서야 자신의 용건을 꺼냈다.

그는 사전에 준비해 온 양피지 하나를 꺼내서 막 장로에게 건네며 말했다.

"거기 적힌 사람들의 행적을 알고 싶소. 빠르고 정확해야 하오. 가능하겠소?"

막 장로가 양피지의 내용을 확인하며 어리둥절해하다 곧 의혹 어린 표정이 되었다.

이해할 수 있는 반응이었다.

양피지에는 무려 이십 명에 달하는 사람들의, 그것도 이제 막 강호로 나선 신진이거나 생전 처음 보는 무명소졸들의 명호가 적혀 있었기 때문이다.

　그러나 막 장로는 감히 그 이유를 되묻지 못하고 정중히 고개를 끄덕였다.

　"알겠소. 최대한 빠른 시일 내에 수소문해서 경과를 알려드리겠소이다."

인재人才 (2)

예충과 천타 등이 돌아온 것은 설무백이 저녁식사를 끝내고서도 한참 더 지난 해시(亥時 : 오후 9–11시) 무렵이었다.

　설무백은 그들에게 그간 겪은 일들을 간단하게 설명해 주고, 말미에 더 이상 경계를 강화할 필요가 없다는 점을 주지시켰다.

　지금은 시류에 편승해서 조용히 지내는 것이 좋다.

　쓸데없이 과한 움직임은 주변의 이목을 끌어서 괜한 사달을 부를 수도 있다는 소견이었다.

　제갈명 등이 그랬듯 예충과 천타 등도 그의 말에 동의하고 수긍했다.

　다만 그의 말을 무조건적으로 받아들이는 천타 등, 광풍대의 요인들과 달리 예충은 약간의 여지를 두었다.

"시기적으로 나대지 않는 것은 옳은 판단입니다만, 대신에 다른 무언가는 해야 한다고 봅니다. 고인물은 썩게 마련입니다. 하물며 다들 혈기왕성한 아이들이라 자칫 기강이 헤이해질 수도 있습니다."

옳은 지적이었다.

일찍이 그와 생사고락을 같이한 광풍대의 대원들이야 신경쓸 이유가 전혀 없지만, 예하로 거느린 대도회나 백사방, 그리고 아직 마땅한 적임자를 찾지 못해서 제갈명이 임시로 관리하고 있는 홍당의 무리는 여러모로 조일 필요가 있었다.

그들은 기본적으로 끈끈한 인간관계가 아니라 힘과 이득에 따라서 합쳐진 무리가 아닌가.

예충도 그들을 염두에 두고 한 말일 것이다.

설무백은 고개를 끄덕이는 것으로 수긍하며 말했다.

"예 할배, 아니, 예 호법, 예 노가 맡아 주세요."

예충이 턱을 당기며 눈을 끔뻑였다.

"제가 말입니까?"

설무백은 차분한 대답으로 이 결정이 절대 즉흥적인 생각이 아님을 드러냈다.

"그 방면의 경험은 저보다도 낫지 않습니까? 이름이 철도강(鐵刀岡)이었지요 아마?"

석년의 예충이 일으킨 방파의 이름이 바로 철도강이었다.

복건성(福建省)에서 태어나고 자란 예충은 강호를 떠돌며 무공을 배우고, 명성을 쌓았으며 몇몇 뜻이 맞는 친구들을 데리고 복건성으로 돌아와서 철도강이라는 방파를 세우고 초대 문주가 되었다.

예충이 본격적으로 명성을 쌓은 것이 그 시기였다.

예충의 철도강은 그 지역의 이권을 챙기던 흑도 방파들과 무수한 혈투를 벌이며 성장해서 결국에는 그 지역의 패주가 되었다.

그러나 그 이후의 예충은 설무백이 기억하는 전생의 기억에 없었다.

십 년이 넘도록 그 지역의 절대 강자로 군림하던 철도강이 화무십일홍(花無十日紅)처럼 아무도 모르게 하루아침에 사라졌다는 것만 기억날 뿐이었다.

모르긴 해도, 예충이 무저갱에 감금되어 있던 이유와 무관하지 않을 사연일 것이다.

그래서였다.

설무백은 굳어진 예충의 표정을 보며 더 깊은 얘기는 언급을 회피하며 말했다.

"전권을 드리지요. 구워먹던 삶아먹던 알아서 잘 키워 보세요."

예충이 어색하게 웃으며 입맛을 다셨다.

"괜한 말로 혹을 붙였군요."

승낙이었다.

설무백은 특유의 미온한 웃음을 보이는 것으로 그와의 대화를 끝내며 천타를 향해 물었다.

"애들 수련은 어때? 진전이 좀 있나?"

천타가 멋쩍은 표정으로 머리를 긁적이며 대답했다.

"원채 몸이 굳은 놈들이라 아직 이렇다 할 성과는 없습니다만, 대충 잘해 나가고 있습니다."

설무백은 묵묵히 고개를 끄덕였다.

천우신조의 기연이 아니라면 하루아침에 깨우칠 수 있는 무공은 세상에 없었다.

물론 어중이떠중이 무공에는 해당이 안 되는 말이지만, 적어도 그가 추려서 천타에게 넘긴 무공들은 하나같이 일류를 넘어서는 절기들이었다.

"서두를 필요 없어. 진득하게 수련하다 보면 조금이라도 지금보다 나아질 테니, 다그치지 말고 꾸준하게나 시켜."

"예, 알겠습니다."

천타가 즉시 대답하고 나서 깜빡했다는 듯 안색을 바꾸며 재차 말했다.

"아, 눈에 띄게 부쩍 실력이 느는 놈이 하나 있습니다."

설무백은 관심이 갔다.

"누군데?"

천타가 대답했다.

"광풍구랑 맹효(猛梟)입니다."

설무백은 고개를 갸웃거렸다.

"광풍구랑은 삼안갈(三眼蠍) 아닌가?"

그랬다.

사람의 별호나 이름을 잘 기억하지 못하는 그도 광풍대의 수뇌급으로 분류할 수 있는 상위 십여 명의 이름은 정확히 기억하고 있었다.

더군다나 광풍구랑은 삼안갈은 이마 중앙에 자리 잡은 짙은 타원형의 반점이 눈처럼 생겨서 흡사 세 개의 눈을 가진 것처럼 보이는 특이한 얼굴이라 절대 잊을 수가 없었다.

천타가 전에 없이 '큭큭' 웃으며 대답했다.

"막내인 맹효가 삼안갈을 눌렀습니다. 주군께서 전해 준 무공을 가르친 지 얼마 되지도 않아서 벌어진 일이라 저도 놀라고 있습니다."

설무백은 눈을 빛냈다.

광풍대의 대원들은 한 달 보름 사이로 지원자를 받아서 서열을 결정하는 비무를 벌인다.

설무백은 이 비무가 이전 광풍사의 오랜 전통이라 묵인하고 있었는데, 보통은 서열이 바뀌는 경우는 거의 없었고, 설령 바뀐다 해도 한두 단계가 고작이었다.

'그런데 막내가 삼안갈을……?'

파격적인 일이었다.

지난 백리평의 혈사를 거치면서 살아남은 광풍대의 대원들은 풍사와 천타를 제외하면 정확히 아흔아홉 명이니, 무려 아흔 명의 수위를 뛰어넘었다는 소리인 것이다.

"맹효의 나이가 몇이지?"

"스물 셋입니다."

"어리군."

"원래 총망 받던 아이였습니다. 열여덟에 광풍 전사가 되어서 최연소 광풍 전사의 기록을 깼으니까요."

"다들 불만은 없고?"

"절대로요. 광풍 전사는 자신의 지위를 후배에게 빼앗기는 것을 수치로 여기지 않습니다."

"좋아, 그럼 부담 없이 특혜를 주지. 맹효에게 내가 전한 무공을 전부 다 가르치도록 해."

설무백은 특정 내공심법을 비롯해 각기 권, 검, 도, 창과 신법을 전해 주었고, 저마다의 특성에 따라 선별해서 가르치라고 지시했었다.

맹효에게는 그걸 전부 다 전수해 주라는 것이었다.

"그걸 전부요?"

"맹효뿐만이 아니다. 이제부터 두각을 나타내는 대원에게는 그렇게 해."

"이거 이제 다들 심하게 경쟁하겠는걸요."

"그리고 더욱 성장하겠지."

"물론이지요. 알겠습니다. 명대로 이행하겠습니다."

천타는 적잖게 놀라면서도 기꺼이 수긍하며 물러났다.

예충이 자못 궁금하다는 듯 물었다.

"친위대를 만들 셈입니까?"

설무백은 대수롭지 않게 대꾸했다.

"그들은 지금도 저의 친위대입니다. 다만 부족합니다. 제가 원하는 것은 지금보다 몇 배는 더 강한 그들입니다."

예충이 의외라는 듯 안색을 바꾸며 물었다.

"엄청난 바람이군요. 주군께는 그런 쪽의 욕심이 없는 줄 알았는데, 아니었군요. 물론 이유가 있겠지요?"

설무백은 잠시 대답을 망설이다가 에둘러 말했다.

"일찍이 저와 지내면서 많이 죽었거든요. 이제 더는 그들이 죽는 걸 보기가 싫습니다."

예충이 미묘한 눈초리로 그를 주시하면서도 묵묵히 고개를 끄덕였다.

무언가 그게 다가 아닌 것 같기도 하지만, 못내 그럴 수도 있겠다 싶은 모순이 교차하는 표정이었다.

은근슬쩍 말꼬리를 잡는 것은 아마도 그래서일 터였다.

"그런 기대라면 지금도 충분하지 않나 싶습니다. 광풍대 대원 대여섯이면 지금의 저조차 감당하기 버거우니까요."

설무백은 이번에도 대답을 망설였으나, 이내 이제는 예충에게도 조금은 속내를 드러내는 것이 도리가 아닐까 싶은 마음이 들어서 말했다.

"누군가의 전위대는 고작 셋만으로도 지금이 아닌 석년의 예 노조차 능히 감당할 수 있었습니다."

전생의 그가 수장으로 있던 쾌활림의 흑사자들을 염두에 두고 하는 말이었다.

그가 아는 흑사자들은 정말 그랬다.

흑사자 셋이면 능히 강호의 초일류고수를 상대할 수 있었다.

그뿐 아니다.

그런 흑사자들보다 더욱 강한 무리도 그는 알고 있다.

그러나 아직은 여기까지다.

그들의 존재를 밝히는 것은 아직 일렀다.

그랬는데.

"그런 자들이 있다는 소리는……?"

그의 말을 들은 예충은 자존심이 상하기에 앞서 믿을 수가 없다는 태도였다.

"있습니다."

설무백은 잘라 말했다.

"아직 밖으로 모습을 드러내지 않았을 뿐입니다."

예충이 당황스러운 표정을 지으며 그를 바라보다가 이내 슬며시 미소를 지었다.

"주군께서 범인과 다르고, 또한 남들과 다른 꿈을 가지고 있다는 것은 저도 익히 짐작하고 있는 바입니다. 삼천존의 하나인 낭왕의 후예가 꾸는 꿈은 분명 저 같은 사람은 감히 상상도 하지 못할 일이겠지요. 지금은 때가 아니라 그 정도만 말씀하시는 것으로 생각하고 더는 묻지 않겠습니다."

그는 진지하게 안색을 바꾸며 말을 덧붙였다.

"대신 그래도 저와의 약속은 지키셔야 합니다."

설무백은 특유의 미온한 미소를 보이며 물었다.

"아직도 저를 제자로 거두고 싶은 겁니까?"

예충이 멋쩍게 웃으며 고개를 저었다.

"농담 마십시오. 그 꿈은 주군께서 낭왕의 후예라는 사실을 안 순간에 이미 버렸습니다. 저는 다만 제 위치를 확인하고 싶을 뿐입니다."

설무백은 예리하게 그의 말을 알아들으며 말했다.

"저는 포기했지만, 저를 통해 이루려 했던 목표는 포기하지 않았다는 거네요."

예충이 인정했다.

"버릴 수가 없는 목표라서 그렇습니다."

설무백은 앞서 예충이 그랬듯 묵묵히 고개를 끄덕이는 것으로 수긍하며 더는 캐묻지 않았다.

능히 짐작할 수 있는 일이었다.

누군가를 향한 복수였다.

꿈도 이상도 포기할 수 있지만, 복수만큼은 절대 포기할 수 없는 것이 무림에 사는 무인이었다.

그가 그렇듯 말이다.

무백은 지금 생각 같아서는 그게 누구냐고 묻고 싶었으나, 애써 감정을 눌렀다.

복수는 절대 다른 사람이 대신 벗겨 줄 수 없는 멍에였다.

적어도 당사자가 살아 있는 한 그랬다.

매요광과 척신명이 내내 복수를 내색하지 않는 것도, 나백이 죽어 가는 마당에서조차 복수라는 말을 입에 담지 않은 것도 다 그래서라고 그는 생각하고 있었다.

언제고 도움은 줄 수 있을지도 모르나, 그가 앞서 나설 문제는 전혀 아닌 것이다.

"그렇다고 해 두죠. 대신……."

잠시 말꼬리를 늘인 설무백은 특유의 미온한 미소를 지으며 마음을 드러냈다.

"다 괜찮지만, 무슨 일이 있어도 예 노의 곁에 제가 있다는 사실은 잊지 마세요."

예충의 눈빛이 흔들렸다.

애써 내색은 삼가고 있었으나, 그의 마음을 충분히 느낄 수 있었기에 알았다.

그는 동요하고 있었다.

사람의 관계는 좋을 때의 만남이 아니라 힘들 때의 한마디로 깊어진다.

특히 사내는 계산적인 대우보다 아무런 계산 없이 흘리는 한마디가 금란지교(金蘭之交)를 쌓는 법이다.

예충이 지금 그랬다.

'나도 이제 늙었군.'

전에 없이 훈훈해지는 가슴의 열기를 느끼자, 예충의 뇌리를 스치는 생각이었다.

애써 마음을 추스른 예충은 굳이 대답도 없이 말문을 돌리며 서둘러 돌아섰다.

"광풍대 애들을 그리 강하게 키우실 작정이면 저도 이러고 있을 때가 아니군요. 어디 한번 기대해 보십시오, 대도회와 백사방, 홍당의 아이들을 광풍대처럼 키우기는 요원한 일이지만, 적어도 어디 가서 두들겨 맞고 있지 않을 정도까지는 키워 보도록 하겠습니다."

그때였다.

예충이 밖으로 나가려고 연 문을 통해서 아무래도 쉬어야겠다고 머리를 잡고 나갔던 제갈명이 허겁지겁 들어서며 말했다.

"수상한 자들이 난주로 입성했답니다!"

설무백은 밑도 끝도 없는 제갈명의 보고에 절로 눈살을 찌푸리며 물었다.

"어떤 수장한 자들?"

제갈명이 계면쩍은 표정을 지으며 대답했다.

"누군지 모르니까 수상한 자들이죠. 다짜고짜 주군의 이름을 대면서 주군을 만나러 왔다고 한다는데요?"

제갈명에게 전령을 보내서 수상한 자들이 난주로 입성하려 한다고 보고한 것은 광풍사랑 구익조였다.

수상한 자들이 난주의 동문으로 이어진 관도를 통해서 나타났기 때문이다.

난주의 동문 밖에서부터 펼쳐진 반경 삼십여 리에 달하는 지역은 풍잔의 대외 정찰 임무를 수행하는 별동대인 풍령대의 삼령 중 옥검령인 구익조의 대원들이 관할하는 지역으로, 이는 제갈명의 머리에서 나온 계획이었다.

북문은 화사가 이끄는 일대가, 동문은 구익조가 이끄는 일대가, 남문은 철마립이 이끄는 일대가 담당하고 상대적으로 험악한 지형이라 사람들의 왕래가 적은 서문 일대는 화사의 일대와 철마립의 일대가 상호 보완한다는 경계 구조였다.

이제야 하는 말이지만 설무백은 처음 그와 같은 계획을 들었을 때는 반신반의했었다.

본디 설무백은 광풍대의 전 인원을 동원해서 난주로 들어오는 모든 요처에 매복과 정찰을 통한 경계를 펼쳤었다.

특히 남경 응천부와 연결된 동문과 남문 밖의 관도 일대는 인원의 육 할 이상을 집중해서 경계를 펼치던 지역이었다.

설무백의 시선은 다른 누구보다도 남경 응천부의 정정보에게 고정되어 있었기 때문에 정해진 경계 구조였는데, 그는 그것으로도 못내 불안해했다.

따라서 그는 고작 열한 명으로 구성된 일대의 경계가 과연 어느 정도의 실효성을 가질지 의심하지 않을 수 없었다.

그런데 그의 생각은 틀렸다.

제갈명의 경계 편성은 그의 우려와 달리 매우 효과적으로 굴러가고 있었다.

그간 난주로 입성하는 사람들 중에서 조금이라도 수상한 자들은 거의 다 빠짐없이 풍잔으로 보고되었다.

그건 화사를 비롯한 풍령대의 삼령은 말할 것도 없고, 기본적으로 풍령대를 구성하는 광풍대원들의 능력이 전에 비해 월등히 발전했다는 이유도 적지 않았으나, 그에 앞서 설무백보다 제갈명이 그들의 능력을 보다 더 정확히 파악하고 활용한다는 방증이었다.

제갈명의 머리가 그보다 좋아서가 아니었다.

제갈명을 비롯한 설무백의 주변인들은 거의 다 그 이유를 알고, 적어도 짐작은 하고 있었다.

굳이 비교하자면 위에서 내려다보는 것과 아래서 올려다보는 자의 시각 차이였다.

다른 사람들의 눈에는 놀라울 정도의 발전인 그들의 변화가 노화순청(爐火純靑)의 단계를 넘어서 이른바 출신입화지경(出神入火之境)이라는 신화경(神化境)의 경지로 들어선 설무백의 눈에는 속된 말로 도토리 키 재기처럼 고만고만하게 보였던 것이다.

다만 이유 여하를 막론하고 설무백은 수하들의 보고를 허투루 여기는 사람이 아니었다. 그래서 그는 직접 동문 밖으로 나가서 수상하다는 자들을 맞이했다.

나름 떠오르는 사람이 있었기 때문인데, 과연 그의 예상이 옳았다.

구익조가 보고한 수상한 자들은 바로 하오문의 문주인 묘안초도 석자문과 그 일행이었다.

"수하 석자문이 주군을 배알합니다!"

석자문은 설무백을 보자마자 그 자리에서 무릎을 꿇으며 고개를 숙였다.

그와 동행하던 여덟 명의 사람들도 그를 따라서 무릎을 꿇으며 고개를 숙이고 있었다.

그 바람에 어리둥절한 것은 그들을 지근거리에서 살피다가 모습을 드러낸 구익조 등과 설무백을 따라나선 제갈명과 풍사 등이었다.

풍잔으로 돌아온 설무백은 북경상련의 일만 대략적으로 설명해 주었을 뿐, 하오문에 대한 얘기는 언급하지 않았기에 대체 이게 무슨 일인가 싶은 것이다.

제갈명이 황당하다는 표정으로 나섰다.

"하나만 주웠던 게 아니었군요?"

대력귀를 두고 하는 말이었다.

제갈명은 말을 마치고 나서야 실언을 했다고 생각했는지 서둘러 주변을 둘러봤다.

혹시나 대력귀가 따라온 것은 아닌지 살피는 것이었다.

설무백은 그런 제갈명 등의 의혹을 잠시 외면하며 석자문을 향해 말했다.

"너무 과해."

석자문이 더욱 깊이 고개를 숙이며 대답했다.

"죄송합니다."

"그만 일어나라는 소리야."

"……!"

설무백의 타박 아닌 타박을 들은 석자문이 재빨리 일어섰다.

그를 따라 무릎을 꿇었던 사람들도 눈치를 보며 같이 일어났다.

설무백은 그제야 제갈명 등에게 석자문 일행을 소개했다.

"우리 식구가 된 하오문의 수뇌다."

제갈명이 눈을 끔뻑였다.

풍사와 구익조 등도 여전히 어리둥절한 표정을 풀지 못하고 있었다.

석자문이 그들을 향해 공수했다.

"석자문이라고 하오."

제갈명의 안색이 변했다.

"아⋯⋯!"

석자문이 그런 제갈명을 외면하며 설무백을 향해 말했다.

"이들은 주군께 먼저 인사를⋯⋯ 제가 전에 말씀드린 대로 저와 뜻을 같이하는 하오문의 인재들입니다."

석자문과 동행한 여덟 사람은 여섯 명의 사내와 두 명의 여인이었다.

그들이 차례대로 설무백을 향해 공수하며 자신들의 명호를 밝혔다.

"처음 인사드리겠습니다, 주군. 흑비희(黑贔屭)입니다."

"⋯⋯백이문(白螭吻)입니다."

"⋯⋯철포뢰(鐵蒲牢)입니다."

"⋯⋯동폐안(銅狴犴)입니다."

"⋯⋯은도철(銀饕餮)입니다."

"⋯⋯금공복(金蚣蝮)입니다."

"⋯⋯적애자(銀睚眦)입니다."

"⋯⋯녹산예(綠狻猊)입니다."

모두의 인사가 끝나기 무섭게 제갈명이 보란 듯 고개를 끄덕이며 알은척을 했다.

"아, 구룡자(九龍子)! 용자구생설(龍子九生說)에 나오는 용의 아홉 자식이로군! 근데, 마지막 아홉째인 초도(椒圖)는⋯⋯?"

문득 고개를 갸웃하던 그는 이내 깨달은 듯 석자문에게 시선을 주었다.

석자문이 제갈명의 시선에 호응해서 웃으며 말했다.

"주군의 곁에 꽤나 뛰어난 지낭이 있다더니, 귀하인가 보구려. 그렇소. 본인이 바로 묘안초도요."

제갈명의 안색이 변했다.

석자문이 그의 존재를 안다는 것도 신기했지만, 그에 앞서 석자문이라는 이름은 몰라도 묘안초도라는 별호에 대해서는 익히 들어 본 적이 있었던 것이다.

그가 혼자서 납득하며 중얼거렸다.

"초도가 왜 초도(草刀)나 초도(超刀) 등이 아닌 초도(椒圖)인가 했더니, 이런 사연이……!"

설무백은 그런 사소한 내용보다 적나라하게 자신들을 소개하는 석자문 등의 태도가 더 마음에 걸려서 물었다.

"문인들 사이의 연관 관계가 드러나지 않도록 점조직인 것이 하오문의 특성이고, 그 특성을 살려서 보다 확고한 체계를 세우겠다고 하면서 이렇게 막 신분을 드러내도 되는 건가?"

석자문이 웃는 낯으로 대답했다.

"주군의 앞이지 않습니까. 게다가 저희들의 신분을 안다고 해서 찾아낼 수 있다면 그건 이미 점조직이라 할 수 없습니다, 주군."

설무백은 그제야 고개를 끄덕이는 것으로 수긍하며 돌아섰다.

"그저 인사나 하자고 온 것 같지는 않으니, 나머지 통성명은 돌아가서 하지."

　인사나 하자고 찾아오지는 않았을 거라는 설무백의 예상
은 틀리지 않았다.
　인사도 중요하긴 했으나, 석자문에게는 그보다 더 중요한
문제가 있었다.
　석자문은 통성명을 하기 위해서 영내에 있는 풍잔의 모든
요인들이 모인 자리에서 설무백에게 그것부터 밝혔다.
　"다름이 아니오라, 저와 뜻을 같이하기로 뭉친 우리 형제
들 중에는 저보다 뛰어난 아우들도 있습니다. 그리고 저는 주
군을 뵈었지만, 그 아우들은 주군을 뵙지 못했지요. 해서, 이
리 서둘러 인사를 드리고자 찾아뵈었습니다."
　설무백은 에둘러 말하는 석자문의 고충을 예리하게 간파
했다.
　결국 구룡자라 칭하는 하오문의 새로운 수뇌진 중에 그를
불신하는, 아니, 그에 앞서 석자문을 불신하는 자들이 있다는
소리였다.
　그뿐 아니라 당사자들을 곁에 두고 서슴없이 그런 내막을
밝히는 석자문의 저의 또한 어렵지 않게 짐작할 수 있었다.
　어떻게든 그들을 버리고 싶지 않은 것이었다.

그들을 쳐 내고 싶었다면 이렇듯 노골적으로 내막을 드러내지는 않았을 터다.

그래도 확인은 필요했다.

그는 생각을 접고 말했다.

"그들을 쳐 내고 싶다는 거야? 아니면 멱살을 잡고 끌어서 같이 가고 싶다는 거야?"

노골적인 설명에 대한 노골적인 대답이었다.

찔러나 보자는 식으로 그냥 하는 질문도 아니었다.

석자문이 원한다면 이 자리에서 얼마든지 그자들을 처리해 줄 생각이었다.

이건 석자문의 마음은 확인했으나, 그들의 마음은 확인하지 못한 그가 내릴 수 있는 최선의 결정이었다.

다른 눈치는 없어도 그런 종류의 눈치는 빠른 공야무륵이 벌써 눈에 살기를 드리우며 엉덩이를 들썩이고 있었다.

석자문이 눈치 빠르게 서둘러 말했다.

"아우들을 버릴 생각이었다면 주군께 데리고 오지도 않았습니다. 죽이든 살리든 제 손으로 처리했을 겁니다. 저는 그들과 함께하기 위해서 주군께 데리고 왔습니다. 제가 그랬듯 그 아우들도 주군을 뵈면 생각이 달라질 것이라고 생각합니다."

설무백은 시선을 돌려서 구룡자의 나머지 여덟을 무심하게 훑어보며 물었다.

"과연 그러한가?"

대답은 나오지 않았다.

설무백은 와중에 그들 여덟 중 세 명의 눈가에 드리워진 의혹의 그림자를 어렵지 않게 느낄 수 있었다.

그는 그게 여전히 석자문이 가진 그에 대한 믿음을 불신인지, 아니면 지금 동석한 풍잔의 요인들에게 느끼는 신위에 대한 놀람인지 알 수 없어서 잠시 머뭇거렸다.

그때 제갈명이 나섰다.

"저기 주군, 이 문제는…… 에구!"

거의 동시에 나선 환사가 눈을 부라리며 제갈명의 뒷덜미를 찍어 눌렀다.

"이런 버르장머리 없는 놈! 감히 주군의 말씀이 아직 다 끝나지 않았는데 감히 어딜 끼어들어! 그 잘난 혓바닥을 뽑아서 묶어 주랴!"

"……!"

제갈명이 찍소리도 못하고 주저앉아서 자신의 손으로 자신의 입을 막았다.

설무백은 그런 소란에 상관없이 무심하게 석자문을 제외한 나머지 구룡자들 중 세 명을 눈여겨보며 말했다.

"석자문의 말로 인해 한 목숨 건졌다. 그러니 이제 내게 원하는 것이 있으면 말해 봐."

둘은 망설이고, 하나가 선뜻 손을 들었다.

한쪽 눈가에 깊은 칼자국이 도드라져서 눈이 절반쯤밖에

안 떠지는 짝눈 사내, 구룡자의 일곱째인 적애자였다.

구룡자, 즉 용자구생설에 의하면 일곱째인 애자는 피 냄새와 살생을 즐겼다.

적애자의 살기가 짙은 것은 아마도 그래서일 것이다.

그런 그가 습관처럼 삐딱한 고개로 설무백의 시선을 마주하며 대답했다.

"석 대형을 믿고 따르긴 하지만, 못내 마음이 찜찜합니다. 제가 본디 직접 눈으로 봐야 인정하는 놈이라 그렇습니다. 그래서 드리는 말씀인데, 한 수 가르침을 받을 수 있겠습니까?"

"건방진 새끼!"

설무백이 뭐라고 대꾸하기도 전에 공야무륵이 참지 못하고 분노를 터트렸다.

"죽으려고 용을 쓰는구나! 주군께서 너 따위에게 가르침이나 주실 분이라고 생각하느냐!"

적애자가 절로 흠칫했다.

그의 살기가 제아무리 짙어도 공야무륵과 비교하면 그야말로 조족지혈이었다.

그가 뾰족한 가시에 불과하다면 공야무륵은 거대한 대감도의 서슬인 것이다.

설무백은 슬쩍 손을 들어서 공야무륵을 말렸다.

그리고 들었던 그 손을 그대로 내려서 적애자를 가리켰다.

순간, 그의 손에서 벼락처럼 쏘아져 나간 푸른 섬광이 적애자의 가슴을 때렸다.

　적애자로서는 뻔히 눈으로 보면서도 막을 수도 없고, 피할 수 없는 수법이었다.

　퍽-!

　둔탁한 소음이 터졌다.

　"컥!"

　비명을 토하며 가랑잎처럼 날아간 적애자의 신형이 뒤쪽의 벽에 처박혔다가 튀어나와서 바닥에 엎어졌다.

　설무백은 그런 적애자에게 눈길 한 번 주지 않고 염두에 두고 있던 나머지 둘을 쳐다보며 물었다.

　"또 누구?"

　나서는 사람은 아무도 없었다.

확장풍잔擴張風棧 (1)

비겁이라는 말도 상황에 따라서 또는 상대에 따라서 달라진다.

주인이 으르는 종복의 엉덩이를 갑자기 걷어찼다 해서 비겁하다고 볼 수는 없는 것이다.

설무백과 적애자의 상황이 바로 그랬다.

설무백은 눈곱만큼의 살기도 드러내지 않고 그저 가볍게 손을 들어 적애자를 한 대 쳤을 뿐이었다.

그 모습이 너무나 자연스럽게 보였다.

설무백의 갑작스러운 손 속이 비겁하게 보이기보다는 그걸 감당하지 못하고 나가떨어진 적애자가 너무나도 무력해 보이는 상황이었다.

석자문은 말할 것도 없고, 구룡자의 모두가 그저 설무백의 신위에 놀라서 눈만 끔뻑이고 있었다.

이윽고 혼절에서 깨어난 적애자도 그랬다.

이의를 제기하기는커녕 바짝 긴장해서 자세를 바로하고 있었다.

제갈명을 비롯한 풍잔의 요인들이 차례대로 나서서 하는 통성명이 그 다음에 이루어졌다.

구룡자는 그때부터 급격히 얼어붙기 시작했다.

풍사와 천타 등의 통성명 때부터 그들은 주눅이 들었다.

과거 한때나마 개방과 버금가는 정보력을 가졌었다는 하오문의 수뇌들답게 그들은 풍사와 천타 등이 대막의 공포라는 광풍사의 요인임을 알아본 것이다.

거기다 난주 일대는 말할 것도 없고, 중원의 낭인들 사이에서도 명성이 자자한 공야무륵과 화사, 철마립이 더해졌다.

그리고 금마교인 사문도의 직계인 사문지현과 이채롭게도 순순히 자신을 소개한 남장 여인의 정체는 중원에 명성이 자자한 독행대도 대력귀였다.

구룡자들로서는 절로 얼어붙어 버릴 수밖에 없는 상황인 것이다.

그리고 그게 다가 아니었다.

그들로서는 감히 쳐다볼 수도 없는 전대의 고수인 무림쌍괴와 귀도 예충이 있었다.

모습을 드러내지 않은 채 암중에서 말로만 자신들의 존재를 밝힌 혈영과 사도가 의도적으로 드러낸 가없는 살기는 그저 덤이었다.

통성명이 끝남과 동시에 눈동자조차 제대로 굴리지 못할 정도로 굳어져 버린 구룡자들의 눈에는 변할 수 없는 절대복종의 빛이 가득 들어차 있었다.

제갈명이 그 모습을 확인하고는 못내 환사를 흘겨보며 나직이 툴툴거렸다.

"아까 내가 말하려던 것이 이거였다고요. 노야들을 비롯한 우리 풍잔의 식구들이 누군지만 알아도 주군이 나설 필요도 없이 절로 해결될 문제였습니다."

환사가 설무백을 의식하며 은근슬쩍 제갈명에게 사나운 눈총을 주었다.

"그런 건 진즉에 말했어야지 이놈아!"

제갈명이 무슨 이런 적반하장이 다 있냐는 표정으로 입을 열려는데, 환사가 새삼 그의 뒷덜미를 찍어 눌렀다.

"입 닥쳐라. 주군 말씀하신다."

대꾸가 궁해서 그냥 뭉개는 것이 아니라 정말로 설무백이 입을 열고 있었다.

"용건이 더 있나?"

없었다.

대신 석자문은 문득 품을 뒤지더니 손바닥보다 작은 금패

하나를 꺼내서 공손하게 내밀었다.

"하오문의 무상금패(無上金牌)입니다. 그간 내부의 쓰레기들을 모두 다 청소했고, 제가 구상한 하오문의 체계도 예상보다 빠르게 진척되고 있습니다. 조만간 짐이 아닌 수하로서 주군을 모실 수 있을 테니, 어디를 가시든 필요하시다면 기꺼이 사용해 주십시오."

풍잔과 설무백이 가진 또 하나의 세력인 하오문의 첫 대면은 그렇게 끝났다.

그들, 하오문의 구룡자가 돌아간 자리에서 제갈명이 의미심장하게 말했다.

"개방과 손을 잡을 수는 있어도 개방을 품을 수는 없습니다. 비단 우리만이 아니라 그 어떤 거대 방파도 그렇습니다. 그들의 역사와 전통이 가진 무게가 그걸 허락하지 않습니다. 이대로 괜찮겠습니까?"

묘안초도 석자문과 하오문을 염두에 두고 하는 말이었다.

석자문이라는 이름은 그다지 알려지지 않았으나, 묘안초도가 하오문의 문주라는 것은 이미 아는 사람은 다 아는 사실이었다.

적어도 정보로 먹고사는 자들은 다 그랬다. 그런데 지금 풍잔은 비록 반쪽이긴 하나 정보의 하늘이라는 북개방과 손을 잡고 있으며, 그것도 뒷방을 내준 상태였다.

제갈명은 하오문의 문주인 묘안초도 석자문이 설무백의 수하라는 사실이 북개방의 시야에 들어간 것을 우려하는 것이 었다.

설무백이 대답하기도 전에 공야무륵이 먼저 살기를 드러내며 말문을 열었다.

"알고 있는 것은 괜찮아. 하지만 어떤 식으로든 그것을 이용하려 든다면 장담하는데, 북개방은 석가래 하나도 제대로 남아나지 않게 될 거다."

여차하면 북개방의 씨를 말려 버리겠다는 소리였다.

황당해하는 제갈명과 달리 좌중의 모두는 침묵했고, 환사는 보란 듯이 공야무륵을 향해 엄지손가락을 치켜세우고 있었다.

제갈명은 답답해하며 말했다.

"초록은 동색이라고 했습니다. 지금은 비록 갈라져 있으나 북개방의 처지가 바뀐다면 남개방도 그대로 묵과하고 넘어가지는 않을 겁니다. 설령 우리가 북개방을 몰락시킬 수 있다고 해도, 남개방이 개방을 통일하면 당연히 그들도 우리를 적으로 돌릴 거라는 소립니다."

환사가 대수롭지 않게 한술 더 뜨는 말을 툭 던졌다.

"정말 그렇다면 강호 무림에서 개방이라는 이름이 사라지게 되는 것이지."

제갈명은 더 말할 힘도 없다는 듯 한숨을 내쉬며 설무백을 바라보았다.

"설마 주군도 그렇게 생각하십니까?"

설마가 아니었다.

설무백은 잠시 턱을 긁적이며 생각에 잠겼다가 혼잣말처럼 중얼거렸다.

"궁금하긴 하군. 과연 그들이 그럴지 또 그런다면 어떤 결과가 초래될지."

남북개방은 남북대전의 끝자락에서 통일개방으로 바로 선다. 적어도 그가 아는 전생의 역사는 그랬다.

그러나 한편으로는 그 이전에 그의 개입으로 역사가 틀어진다면 과연 어떤 변화가 일어날지 자못 궁금하기도 했다.

그런 그의 속내를 알 도리가 없는 제갈명이 연거푸 한숨을 내쉬며 절레절레 고개를 흔들었다.

설무백은 그 모습을 보며 특유의 미온한 미소를 지으며 다시 말했다.

"걱정하지 마. 그런 일은 없을 테니까."

제갈명이 반색했다.

"하면, 무언가 조치를……?"

"아니."

설무백은 잘라 말했다.

"그들이 그럴 엄두를 내지 못할 거다."

"따로 생각해 두신 복안이라도……?"

"그들이 곧 가져올 거야, 그 복안."

"예……?"

제갈명은 도통 알다가도 모르겠다는 표정이었다.

좌중의 모두가 다 그와 다를 바 없었다.

다들 어리둥절해서 눈만 끔벅이고 있었다.

그러나 설무백의 장담은 그냥 하는 빈말이 아니었다.

그는 이미 미래를 위한 풍잔의 도약을 위해 준비 중이었고, 그 과정의 일부를 그들에게, 바로 풍잔의 뒷방을 차지한 북개방의 걸개들에게 맡겨 두었다.

그 결과가 얼마 지나지 않아서 나왔다.

석자문을 비롯한 구룡자들이 다녀간 날로부터 정확히 닷새가 지나서였다.

북개방의 막 장로가 그 결과물을 들고 설무백을 찾아갔다.

∽∾∽

"……미안하게도 대당가가 건네준 명단 중 여섯 명은 우리 북개방의 능력으로도 도저히 행적을 파악할 수 없었소. 이건 그들을 제외한 나머지 열일곱 명의 행적이오."

설무백은 어느 정도 예상했던 일이라 전혀 아쉬운 마음 하나 없이 건네받은 명단을 확인했다.

막 장로가 그의 눈치를 살피며 조심스럽게 말했다.

"그들의 행적을 보고 매우 놀랐소. 분명 몇몇을 제외하면 거의 대부분이 무림에 전혀 알려지지 않은 무명소졸들이라고 생각했는데, 알고 보니 그렇지 않은 자들도 적지 않더구려. 대체 설 대협은 그런 인물들을 어찌 알고 있었던 것이오?"

설무백은 막 장로의 의혹과 놀람을 능히 이해할 수 있었다. 명단에 적힌 인물들의 행적을 알게 되었으니 당연히 그럴 터였다.

명단의 인물들 중 몇몇은 이미 벌써 하나같이 미래가 창창한 신진 고수이거나 최소한 저마다의 분야에서 충분한 잠재력을 인정받는 인재다.

다른 사람이었다면 무심히 간과하고 넘어갔을지도 모르지만, 막 장로 정도 되는 인물이 보면 능히 그것을 알아볼 수 있을 것이라고 그는 생각하고 있었다.

개방의 장로라는 신분은 단지 재수가 좋다고 운으로 가질 수 있는 자리가 아닌 것이다.

설무백은 대답을 뒤로 미룬 채 묵묵히 명단의 행적이 적힌 양피지를 품에 갈무리했다. 그러고 나서 한없이 무심해서 더욱 냉정하게 보이는 눈빛으로 막 장로를 직시하며 말했다.

"이 일은 우리만 아는 것으로 알겠소. 아니, 최대한 별채의 걸개들까지는 허용하겠으나, 그 이상은 절대 불가하오. 부탁하겠소."

말이 부탁이지 경고와 다름없었다.

그러나 막 장로는 호락호락하게 그냥 넘어가지 않았다.

못내 기분이 상한 표정이면서도 묵묵히 고개를 끄덕이는 것으로 수긍한 그는 이내 조건을 붙였다.

"대당가가 추진하는 일이 우리 북개방에 아무런 해가 되지 않는다면 알겠소. 그리 약속하리다."

설무백 또한 막 장로의 말을 그냥 수용하지 않고 단서를 달았다.

"북개방이 내 일을 막거나 방해하지 않는다면 나 또한 북개 방에 해가 되는 일은 절대 삼갈 것이오."

막 장로는 못내 아쉬운 표정이었으나, 애써 내색을 삼가며 설무백의 방을 나갔다.

내내 무던한 태도로 침묵하고 있던 다른 사람들과 달리 근 질거리는 입을 다물고 있느라 대여섯 번이나 혀로 입술을 축이고 눈가마저 퀭해진 제갈명이 기다렸다는 듯이 물었다.

"대체 그게 무슨 명단입니까?"

설무백은 짧게 대답해 주었다.

"우리 풍잔의 미래를 위한 복안의 일부다."

제갈명이 들으나 마나한 소리를 들은 것처럼 여전히 어리 둥절해서 눈을 끔뻑였다.

설무백은 그의 입이 다시 열리기 전에 먼저 말했다.

"당분간 자리를 비울 거다. 짧으면 두 달 내외, 길면 서너 달이 될 수도 있다."

제갈명이 화들짝 놀랐다.

"아니, 지금 이 시기에 주군께서 자리를 비우시면⋯⋯!"

"지금 이 시기라서 자리를 비울 수 있는 거다."

설무백은 여지를 주지 않고 부연했다.

"당분간 남북대전은 신경 쓰지 않아도 좋다. 아무런 일도 벌어지지 않고, 아무런 변화도 일어나지 않는다. 소소하게 지엽적인 싸움은 벌어질 테지만, 그로 인한 변화는 전혀 없을 거다."

사실을 말하자면, 아니, 보다 정확히 말해서 그가 아는 전생의 기억에 따르면 향후 십 년간은 지금과 같은 소강상태가 이어질 테지만, 거기까지 말해 줄 수는 없었다.

제갈명은 꿀 먹은 벙어리가 되었다.

좌중의 모두가 그랬다.

마치 모든 것이 이미 정해진 일처럼 말하는 설무백의 태도에 너무 황당해서 선뜻 대꾸할 말조차 떠오르지 않는 것 같은 모습들이었다.

설무백은 그에 아랑곳하지 않고 계속 말했다.

"각자의 자리에서 맡은 바 임무만 충실히 하면 된다. 만에 하나 일어나는 변수에 대해서도 걱정하지 마라. 그 부분은 환사 호법과 천월 호법이 감당할 테니까."

이건 설명이기 이전에 지시였다.

환사와 천월의 얼굴이 시무룩하게 변했다.

적어도 자신들만큼은 설무백과 동행할 것이라는 기대가 와르르 무너진 까닭이었다.

대신에 반대급부로 예충의 안색이 밝아졌는데, 그 역시 잠시에 불과했다.

설무백은 이내 예충의 기대를 저버리며 당부의 말을 남겼다.

"예 노는 전에 언급한 소임을 다해 주세요. 돌아왔을 때 확연히 변화된 모습을 기대하겠습니다."

백사방과 대도회, 홍당을 두고 하는 말이었다.

전날 설무백은 그들의 대한 전권을 예충에게 일임하지 않았던가.

기대가 무너진 예충이 애써 내색을 삼가며 대답했다.

"알겠습니다. 주군의 기대에 어긋나지 않도록 최선을 다하겠습니다."

예충의 말이 끝나기 무섭게 몇몇 좌중의 눈빛이 혹시나 하는 기대감으로 반짝였다.

다들 서너 달이 될지도 모르는 설무백과의 여행에 동행하고 싶은 것이다.

설무백은 그 마음을 알기에 서둘러 호명했다.

"공야무륵과 대력귀가 나를 따른다."

본디 주변의 눈치를 보지 않는 공야무륵의 입이 옆으로 길게 찢어지는 데 반해 대력귀의 표정은 살짝 굳어졌다.

자신이 호명될 줄은 미처 예상하지 못했던 것이다.

설무백은 그런 사람을 하나 더 호명했다.

"검매(劍妹)!"

검매는 풍잔에서 사문지현을 부르는 이름이었다.

당사자인 사문지현은 말할 것도 없고, 좌중의 모두가 의외라는 표정을 지었다.

설무백은 곧바로 그 이유를 밝혔다.

"첫 번째 목적지는 검산이다!"

오악(五岳)의 하나인 태산은 예로부터 신령한 산으로 여겨져서 제를 지내던 사당이 많다고 알려졌다.

그러나 설무백이 사문지현의 안내를 받아서 들어선 태산의 북쪽 기슭에는 사당이라고는 눈을 씻고 찾아봐도 전혀 보이지가 않았다.

대신에 드문드문 붉은 깃발이 꽂힌 통나무 말뚝과 뜬금없이 솟아난 바위처럼 이어지지 않고 덩그러니 자리한 목책만이 종종 눈에 띄었다.

서문지현이 그 내막을 설명해 주었다.

"오래전에 태산파의 영내를 구획하던 목책이에요. 태산파가 몰락한 이후부터 그대로 방치해서 지금은 거의 대부분 사라지고 저렇게 흔적만 남았죠. 통나무 말뚝은 그나마 부지런

한 검산의 몇몇 사람들이 목책을 대신해서 박아 놓은 일종의 표식이고요."

온통 우거진 수풀을 뿐 이렇다 할 건물 하나 눈에 들어오지 않았으나, 이미 검산의 영내로 들어섰다는 뜻이었다.

설무백은 묘하다는 시선으로 사문지현을 쳐다보았다.

사문지현이 무슨 생각을 하는지 안다는 듯 넘겨짚으며 말했다.

"원한다면 누구나 다 검산에 들 수 있어요. 그게 검산의 철칙인데, 경계가 있을 리 없죠."

설무백은 전방 측면을 향해서 슬쩍 손을 내밀었다.

묵빛 섞인 청광이 그의 손을 떠나서 그 방향으로 십장 가량 떨어진 곳에 우뚝 서 있는 아름드리나무의 둥치를 강타했다.

쩌적-!

굉음이 터지고, 둥치가 박살 난 아름드리나무가 비명을 지르며 옆으로 쓰러졌다.

아름드리나무 뒤에 웅크리고 있던 사내가 너무 놀라서 감히 도망칠 생각도 못한 듯 경악한 눈으로 설무백 등을 바라보고 있었다.

설무백은 사문지현을 보며 물었다.

"쟤는 뭔데?"

갑작스러운 그의 반응에 놀라고, 이내 숨어 있던 사내를 보며 당황한 사문지현이 멋쩍은 표정으로 대답했다.

"가끔 저런 자들이 있어요. 검산이 궁금한 자들이 종종 저렇게 찾아오죠."

혹시나 했는데, 역시나 검산의 제자가 아니라는 소리였다.

설무백이 이해하고 고개를 끄덕이는데 어느새 곁으로 다가온 공야무륵이 물었다.

"죽일까요?"

뒤늦게 정신을 차린 사내가 도주하고 있었다.

사문지현이 재빨리 설무백의 대답을 가로챘다.

"검산의 영내에서 타인의 살인은 금지되어 있어요."

설무백은 묵묵히 고개를 끄덕이며 공야무륵을 바라보았다.

"그렇다는군."

공야무륵이 조용히 물러났다.

설무백은 새삼 사문지현에게 시선을 주며 물었다.

"또 뭐 내가 미리 알아 두어야 할 것이 있나?"

사문지현이 말했다.

"검산의 제자들은 모여 살지 않아요. 대여섯 명씩 모여 사는 무리도 있기는 하지만, 그건 일부분에 지나지 않고 대부분은 저마다 마음에 드는 터를 잡고 따로 살아요. 물론 사부님도 그렇고요."

"특이하군."

설무백은 고개를 갸웃하며 물었다.

"직전 제자니, 무기명 제자니 하는 걸 따지는 것을 보면 적어도 나름의 체계가 있다는 소린데, 그럼 때를 정해서 정기적으로 모인다는 건가?"

사문지현이 대답했다.

"정기적은 아니지만 모이긴 해요. 산인(散人)이라면 누구라도 아무 때나 원할 때 회의를 소집할 수 있어요. 직전 제자는 그 자리에서 결정돼요. 반수 이상의 승낙으로요."

"산인?"

"아, 그러니까 산인은……."

말꼬리를 늘인 사문지현이 이내 이런 식으로는 안 되겠다고 싶었는지 다시 말했다.

"검산의 체계는 외부에 알려진 소문과 많이 달라요. 매우 복잡하죠. 저도 다는 모르지만, 아는 대로 말하자면 수십 개의 문파가 검산이라는 이름 아래 공동생활을 한다고 보시면 돼요. 저마다 추구하는 무학의 길이 달라서 자연히 만들어진 체계로 보이는데, 문파라고 거창하게 말했지만, 서너 명인 구조가 보통이고, 나머지는 거의 다가 일인전승인 경우예요. 산인은 그런 문파들의 수장을 일컫는 호칭이에요."

설무백은 이제야 이해하며 말했다.

"변방 유목민들의 부족장 회의와 비슷하군."

사문지현이 동의했다.

"딱 그래요. 산인들 중 대표를 뽑는데, 대산인(大散人)이라고 해요. 산인들 중 누가 회의를 요청하면 대산인이 산인들을 소집하고 회의를 주관하죠. 아실지 모르겠지만, 작금의 대산인은 바로 혈인마금(血刃魔琴) 담대성(談大晟), 담 노야시고요."

물론 설무백은 익히 잘 알고 있었다.

전생의 기억에 있는 인물이었다.

음공(音功)의 달인으로 대변되는 구주칠기(九州七技)의 한 사람이며, 검법의 조예도 매우 깊어서 천하십검(天下十劍)의 자리가 나면 마땅히 그가 차지할 것이라고 알려진 검도고수이기도 했다.

"그가 검산에 있다는 얘기는 들었지. 그가 바로 검산의 대표였군그래."

설무백은 가볍게 고개를 끄덕이는 것으로 수긍하며 재차 물었다.

"결국 산인들의 동의는 거의 형식에 불과하다는 소리군. 추구하는 무공의 길이 다른 마당에 무언가 평가를 내리는 것 자체가 가당치 않은 일이니까."

"아무래도 그렇죠. 제가 있을 때 직전 제자를 들이는 산인이 없어서 직접 본 적은 없지만, 저도 그럴 거라고 생각해요. 사부님도 일종의 인사치레라고 말해 주셨고요."

설무백은 묵묵히 고개를 끄덕였다.

사실 그는 검산에 대해서 아는 바가 매우 적었고, 거기에는 나름 중대한 이유가 있었다.

전생의 그인 흑사신이 활약할 당시, 즉 소위 환란의 시대에 검산의 무리는 이미 사라지고 없었다.

이런저런 소문만 무성했을 뿐, 정확한 사연은 드러나지 않았다.

검산의 존재를 눈에 거슬려 하는 모종의 세력에게 공격을 당해서 몰살을 당했다는 설도 있고, 내부의 알력으로 반목하다가 끝내 뿔뿔이 흩어졌다는 소문도 있었다.

다만 확실한 것은 그 이후 강호 무림의 그 어디에서도 검산의 제자를 볼 수 없게 되었다는 사실이었다.

설무백이 우선적으로 검산을 찾은 이유는 바로 거기에 있었다.

사문지현과의 약속도 약속이지만, 그에 앞서 머지않아 이유도 모르게 사라질 검산을 직접 눈으로 확인해 보고 싶었다.

그는 그런 생각을 하다가 문득 물었다.

"한 노선배는 아직도 제자를 들이지 않았을까?"

검치 한상지가 검산에 머무는 동안 제자를 들인 것은 사문지현이 유일하다고 했다.

하지만 사문지현은 여자의 몸인지라 순양공(純陽功)을 기반으로 하는 한상지의 직전제자가 될 수 없어서 무기명 제자로 만족해야 했다는데, 그 이후 꽤나 오랜 시간이 지났고, 사문지현도 따로 그에 대한 언급을 하지 않아서 문득 의문이 들었던 것이다.

사문지현이 멋쩍은 기색으로 고개를 저었다.

"기본적으로 쉬운 분이 아니세요. 눈이 매우 높으시죠. 그 사이 눈에 차는 기재를 찾았다고 보기는 어려울 것 같네요."

대답을 끝낸 사문지현이 문득 안색을 바꾸며 비스듬한 산 기슭이 교차하는 지역을 가리켰다.

"저쪽이에요."

설무백은 고개를 갸웃했다.

안쪽에서 적지 않은 사람들의 인기척을 느껴졌다.

"사람이 많은데?"

"그러게요?"

사문지현이 그와 마찬가지로 고개를 갸웃하다가 이내 눈을 빛냈다.

"혹시……?"

설무백도 뇌리를 스치는 감이 있어서 더 묻지 않고 재촉했다.

"어서 가 보자."

사문지현이 두 말 없이 발길을 서둘렀다.

설무백 그리고 공야무륵과 대력귀도 서둘러 그녀의 뒤를 따랐다.

맑은 시냇물이 흐르는 계곡이었다.

수풀로 우거진 그 시냇물을 따라 어느 정도 안으로 들어가 자 이내 급격하게 폭이 넓어지며 드넓은 원형의 공간이 나타 났다.

계곡의 초입에서부터 보면 마치 거대한 호리병의 내부처럼 느껴지는 장소였는데, 그곳에 꽤 적지 않은 사람들이 모여 있었다.

대략 삼십여 명이었다.

각양각색의 복장을 하고 있는 사내들이, 모여 있다고도, 모여 있지 않다고도 생각될 만큼 하나둘씩 사방에 흩어져서 앉거나 혹은 비스듬히 누워 있는 사람들이었다.

사문지현이 발걸음을 멈추며 말했다.

"역시 산인들 중 누가 제자를 들이는 모양이에요. 이거 횡재했는데요. 몇 년 동안 한 번도 본 적이 없었는데……!"

그때 계곡의 내부로 들어서는 그들을 주시하고 있던 사람들 중에서 누군가가 조용히 사문지현을 불렀다.

"이쪽으로 오너라."

우측의 산기슭이었다.

아름드리나무에 등을 기대고 앉은 노인 하나가 손을 들어 보이고 있었다.

작은 체구지만, 노인답지 않은 구릿빛 얼굴에 날카로운 눈매를 가진 인물이었다.

설무백은 첫눈에 노인의 정체를 알아보았다.

검치 한상지였다.

아나나 다를까, 사문지현이 슬쩍 그에게 눈짓을 하고 조용히 노인의 곁으로 자리를 이동하며 속삭였다.

"사부님이세요."

설무백은 묵묵히 공야무륵과 대력귀를 이끌고 그녀의 뒤를 따랐다.

특이하게도 장내의 모두가 불시에 나타난 그들을 그저 시 큰둥하게 바라볼 뿐, 누구 하나 참견하거나 입을 여는 사람이 없었다.

이윽고, 한상지 곁으로 다가선 사문지현이 인사했다.

"그간 적조했습니다, 사부님."

한상지가 대충 고개를 끄덕이는 것으로 답례를 대신하고는 설무백과 공야무륵, 대력귀를 둘러보며 미소를 흘렸다.

"한꺼번에 세 명이라니, 아비의 복수라도 하려는 게냐?"

설무백 등 세 사람 모두를 그녀가 찾아서 데려온 자신이 요구한 비무 상대로 보고 농을 건네는 것이었다.

사람에 따라서는 참으로 받아들이기 어려운 농이었으나, 그가 원래 그런 사람인지 사문지현은 아무렇지도 않게 말을 받았다.

"아닙니다. 여기 이분입니다."

그녀가 설무백을 가리키자, 한상지가 묘한 눈빛으로 그녀를 보았다.

"이분?"

사문지현이 말했다.

"제자가 주군으로 모시고 있습니다."

한상지가 의외라는 눈치를 드러내며 설무백을 유심히 훑어보았다.

설무백은 정중하게 공수했다.

"설무백이라고 합니다."

대답도 없이 잠시 더 설무백을 눈여겨보던 한상지의 얼굴이 살짝 일그러졌다.

도무지 알다가도 모르겠다는 눈치였다.

모르긴 해도, 그의 눈에는 설무백이 어리게 보이는 것을 떠나서 공야무륵이나 대력귀보다 하수로 보인 모양이었다.

"그래, 이 친구란 말이지……."

한상지가 이내 알았다는 듯 고개를 끄덕이며 사문지현과 설무백 등에게 자리를 권했다.

"알았으니 일단 거기 좀 앉아라. 그쪽 친구들도 앉고. 마침 재밌는 구경거리가 생겼다."

상황이 상황인지라 사문지현은 물론 설무백도 두말없이 그의 말에 따라서 자리를 잡고 앉았다.

공야무륵은 설무백을 무시하는 듯한 한상지의 태도가 눈에 거슬린 모양이었다.

그는 순순히 앉은 대력귀와 달리 뻣뻣이 서서 한상지를 노려보다 설무백이 소매를 당기고 나서야 겨우 자리에 앉았다.

한상지가 그런 상황을 아는지 모르는지 키득거리며 장내의 중앙을 가리켰다.

"저 녀석, 너도 알지?"

장내의 중앙은 사방이 비스듬한 산비탈로 에워싸이긴 했으나, 제법 넓은 공터였다.

그 공터, 장내의 중앙에 대나무처럼 바싹 마른 사내 하나가 심각한 모습으로 서 있었다.

사문지현이 대번에 알아보며 대답했다.

"알죠. 대성에 이르면 능히 태양을 직시한 채 한 달 보름을 버틸 수 있을 뿐만 아니라, 이백 장 밖에서 기어가는 개미의 뒷다리까지 볼 수 있다는 천안공(天眼功)을 수련하는 허풍선(虛風扇) 곽진(郭晋)이잖아요."

알면 그냥 아는 것으로 끝낼 수 있음에도 굳이 세세한 부연을 덧붙이는 것은 설무백과 그 일행을 위한 그녀의 배려일 것이다.

그런 그녀 덕분이었다.

설무백은 왠지 모르게 낯이 익어서 이상하다고 생각하던 사내의 정체를 기억의 저편에서 찾아내며 적잖게 당황했다.

그사이 한상지가 말했다.

"천안공만이 아니라 절정에 이르면 수면에 비친 달그림자를 벨 수 있다는 쾌검술도 있지. 그건 나도 어느 정도 가능성이 있다고 본다만, 아무튼, 그래. 그 녀석이다. 저 녀석이 그간 쌓인 게 많았나보다. 검산비무(劍山比武)을 신청했다."

사문지현의 눈이 동그래졌다.

설무백은 그녀의 반응을 보고 호기심이 일어나서 물었다.

"검산비무?"

사문지현이 대답했다.

"누구도 지목할 수 있고, 누구에게도 지목당할 수 있는 계파 간의 비무예요. 계파간의 갈등을 해소하기 위한 비무인데, 자 주 있는 일이 아니에요. 패하면 자신이 추구하거나 계승하는 무도를 버리고, 승자의 무도를 따라야 하는, 그야말로 치욕스 러운 결과를 수용해야 하니까요."

한상지가 웃는 낯으로 사문지현의 말을 받았다.

"보통은 수용하지 않고 그냥 죽지. 자결 말이야. 까놓고 말 해서 너무 치욕스럽잖은가. 죽는 게 낫지."

그는 무엇이 그리 재미있는지 연신 키득거리며 부연했다.

"그러니 그냥 다자간의 생사결이라고 봐도 무방하네. 원한 을 풀면 비무의 종결을 선언하고 더 이상 나서는 자가 없기를 바라는 거지. 보통은 다들 그것을 인정하는 게 상례고. 제아 무리 난 척해 봤자 다들 고만고만하니까 부담스러운 싸움을 피하는 거지. 그런데 아무리 봐도 저 녀석은 멈출 기세가 없 단 말이지. 아주 죽으려고 작정하지 않은 다음에야…… 아, 이제 시작하려는 모양이다!"

장내의 중앙에 서 있는 사내의 곁으로 학창의(鶴氅衣)를 걸 친 백발노인 하나가 다가서고 있었다.

검산의 대산인이라는 혈인마금 담대성이었다.

설무백은 그 모습을 확인하며 사문지현을 향해 물었다.

"누구에게도 지목당할 수 있다는 것은 비단 검산의 제자가 아니라도 가능하다는 소리겠지?"

사문지현이 그의 질문에 담긴 의도를 짐작하는지 적잖게 당황하며 말을 더듬었다.

"아, 그게, 그러니까, 말인즉 그렇기는 한데, 검산의 제자가 아닌 사람이 나선 전례가 있는지는 제가 잘 몰라서……!"

"가능하네!"

한상지가 사문지현의 말을 자르고 나섰다.

"물론 전례도 있고!"

그는 매우 흥미롭다는 눈초리로 설무백을 주시하며 넌지시 물었다.

"왜? 나서고 싶은가?"

그는 질문을 하면서도 설마 하는 기색이었으나, 설마가 아니었다.

설무백은 묵묵히 고개를 끄덕이고 나서 말했다.

"아직 한 노선배님과의 비무까지는 시간이 남은 듯하니, 가능하면 그럴 작정입니다!"

한상지가 머쓱해하고, 사문지현 등이 크게 당황하는 사이, 장내의 중앙에선 비무가 시작되려 하고 있었다.

"마지막으로 묻겠네. 진정으로 검산비무를 요청하는가?"

혈인마금 담대성이 적잖게 걱정스러운 눈길로 허풍선 곽진을 바라보며 묻고 있었다.

질문이 아니라 아직도 기회가 있다, 지금 철회해도 늦지 않다는 은근한 회유로 느껴졌다.

곽진이 단호하게 대답했다.

"내 생각은 변하지 않으니, 어서 그만 시작합시다!"

담대성이 어쩔 수 없다는 듯 쓰게 입맛을 다시고는 장내를 둘러보며 선포했다.

"검산비무를 시작하겠소!"

흥미로 술렁이던 장내가 조용해졌다.

다들 그래도 설마 하는 생각을 가지고 있다가 곽진의 단호한 태도에 분위기가 한순간에 싸해졌다.

말로는 허풍선이니 뭐니 해도 정작 곽진의 무공을 가볍게 여기지는 않는다는 뜻일 것이다.

담대성이 새삼스럽게 그런 장내를 한차례 둘러보고 나서 곽진을 향해 물었다.

"비무자를 선택하게."

곽진이 눈초리가 대번에 싸늘하게 바뀌었다.

설무백은 그 순간에 나섰다.

장내의 누군가를 매섭게 직시한 곽진의 입에서 그 사람의 이름이 호명되기 전에 자리를 박차고 일어나서 뚜벅뚜벅 장내의 중앙으로 나아갔다.

장내가 술렁였다.

담대성이 눈살을 찌푸리는 가운데, 곽진의 싸늘한 눈초리가 설무백에게 돌려졌다.

곽진이 쏘아붙였다.

"넌 뭐냐?"

설무백은 태연하게 어깨를 으쓱했다.

"보면 모르나? 너와 비무할 상대 아닌가. 아, 이름은 밝히는 게 도리겠지. 나는 설무백이라고 한다."

곽진이 무언가 오해한 듯 어처구니가 없다는 태도로 담대성을 노려보았다.

"대산인, 대체 이게 무슨 수작이오?"

담대성이 슬쩍 손을 들어서 곽진의 입을 막고는 설무백을 냉담하게 바라보며 물었다.

"대체 귀하는 누구기에 신성한 검산비무를 방해하는 것인가?"

설무백은 심드렁하게 대꾸했다.

"누구도 지목할 수 있고, 누구에게도 지목당할 수 있는 것이 검산비무다, 라고 들었는데, 아닌가요?"

말미의 질문은 한상지를 돌아보며 던진 것이었다.

한상지가 무엇이 그리 재미있는지 삐딱한 개구쟁이처럼 웃음기 가득한 얼굴로 대답했다.

"아니긴, 그게 검산비무의 오랜 전통인 것을. 아니 그렇소, 대산인?"

담대성이 불쾌한 기색을 드러냈다.

"하나······!"

한상지가 말을 잘랐다.

"전례가 없던 것도 아니고, 문제될 것이 전혀 없는데 괜한 꼬투리는 잡지 마시구려."

그는 난감한 표정인 담대성에게 대꾸할 기회도 주지 않고 곧바로 곽진을 다그쳤다.

"이봐, 곽진. 검산비무를 요구한 것은 너다. 이제 와서 상대를 가리겠다는 거냐? 그럼 내가 먼저 나설까?"

곽진의 얼굴이 시커멓게 타들어 갔다.

극도의 반감 혹은 오기가 불러온 치열한 분노가 여실히 드러나는 얼굴이었다.

그는 잡아먹을 듯이 한상지를 노려보며 씹어뱉듯 말했다.

"차례를 기다리시오!"

그는 이내 설무백에게 시선을 고정하며 휘휘 손을 내저어서 담대성을 물렸다.

"물러나 주시오, 대산인!"

담대성이 못내 마뜩잖은 눈초리로 한상지를 바라보긴 했으나, 다른 도리가 없는지 그대로 물러났다.

곽진이 살기와 투지가 번들거리는 눈초리로 설무백과 대치하며 싸늘하게 웃었다.

"어디서 뒹굴던 애송이인지는 모르겠으나, 분명 누군가에게서 나에 대한 말을 듣고 자신만만하게 나선 것이겠지. 하지만 너는 실수했다. 그간 나는 단 한 번도 본신의 실력을 드러낸 적이 없을 뿐만 아니라, 마침내 어제 그간 꿈에도 그리던 비기를 완성했으니까."

설무백은 태연히 고개를 저었다.

"실수는 지금 네가 하고 있다. 너는 아직 그 비기를, 바로 월인(月刃)을 완성하지 못했다. 그저 완성했다고 착각에 빠진 것뿐이고, 나는 네게 그걸 깨닫게 해 주려고 나선 거다."

곽진의 표정이 한 방 맞은 사람처럼 변했다.

"너, 너 지금 무슨 개소리를 하고 있는 거지?"

설무백은 무심하게 말했다.

"왜? 내가 월인을 아는 게 이상하나? 아니, 신기하지?"

잠시 얼빠진 표정으로 방황하던 곽진의 눈동자가 극도의 분노로 고정되었다.

"이놈! 네놈이 감히 내 비록을 훔쳐봤구나!"

당연한 의심, 아니, 확신이었다.

천하의 그 누구에게도 발설하지 않은 그의 비밀을, 바로 월인의 이름을 아는 방법은 그 수밖에 없으니까.

그러나 설무백은 그가 상상할 수 없는 범주에 있는 사람이었다.

설무백은 대수롭지 않게 그것을 드러냈다.

"그래? 그럼 다른 걸 얘기해 볼까? 네가 매일 밤 폭포수에 올라서 뛰어내리는 것을 다른 사람들은 그저 담을 키우거나 산란한 마음을 없애려는 미친 짓으로 오해하고 있지만, 사실은 그게 아니지. 너는 어지럽게 흔들리는 수면에 비친 네 모습을 찰나의 순간에 베는 수련을 하는 거야. 바로 월인을 수련하는 거지. 설마 이것도 네 비록에 적어 놓았나?"

곽진의 눈이 찢어질 듯이 부릅떠졌다.

대답을 대신하는 태도였다. 그가 정리해 둔 비록에는 그와 같은 내용이 적혀 있지 않았던 것이다.

"너, 너는 누구냐?"

설무백은 그의 질문을 무시하며 손가락을 까닥였다.

"일단 그냥 덤벼라. 네가 완성했다고 착각한 월인이 대체 어떤 치명적인 약점을 가지고 있는지 직접 몸으로 느끼게 해 주마."

곽진은 복잡한 감정이 뒤엉킨 눈빛으로 망설이고 또 망설이다가 이내 지그시 어금니를 악물었다.

여전히 의혹과 불신의 여운은 남아 있었으나, 그것을 억누르는 투지가 그의 눈에서 빛을 발했고, 그 뒤를 칼이 따랐다.

번쩍-!

섬광이 일어났다.

허리의 칼자루를 잡았다 싶은 순간에 뽑혀진 검극이 설무백의 가슴을 노렸다.

그러나 설무백은 이미 그 자리에 없었다.

그는 어느새 곽진의 측면으로 이동해서 그를 물끄러미 바라보고 있었다.

"익!"

곽진이 검극을 돌려서 쇄도했다.

설무백은 그 모습을 냉정하게 주시하며 여유 있게 뒤로 한 걸음 물러났다.

한 걸음으로 보였으나, 실제는 한 걸음이 아니었다.

얼음을 미끄러지는 것처럼 그의 신형이 다섯 자가량이나 물러나고 있었다.

곽진의 검극이 그런 그의 옷깃을 스치듯 하다가 빗나가 버렸다.

곽진이 잠시 움직임을 멈추고 설무백을 노려보는 상태로 거칠어진 숨을 골랐다.

검극을 비스듬히 내리는 것은 냉정하게 마음을 가다듬으며 처음처럼 발검과 같은 초식의 전계를 준비하는 것이리라.

설무백은 그런 그의 태세를 심드렁하게 바라보며 팔짱을 꼈다.

노골적인 무시, 도발이었다.

곽진이 언뜻 비틀린 미소를 흘리더니, 쾌속하게 검극을 쳐들며 달려들었다.

그의 검극이 전방에 이어 측면까지 제압했다.

빠르게 찌르고, 빠르게 휘두르는 연환격이었다.

그런데 설무백은 이번에 전과 달리 뒤로 물러나거나 측면으로 피하지 않았다.

오히려 쇄도하는 곽진을 마중해 나오다가 한순간 구름을 탄 바람처럼 그의 몸을 스치고 지나가서 그의 뒤에 머물렀다.

"익!"

곽진은 이제 자신의 속도로는 도저히 설무백을 따라잡을 수 없다고 판단했는지 미친 듯이 사방팔방으로 검극을 휘두르며 달려들었다.

다만 실제로 그가 이성을 잃고 막무가내로 검을 휘두르는 것이 아니었다.

발검술을 기반으로 하는 그의 검법은 단지 찌르고 휘두르는 두 동작만으로 이루어져 있었으나, 대단히 빠르고 민첩해서 그 어떤 검법의 초식보다 표홀한 변화를 잘 구현해 낼 수 있었다.

그것을 지금 그가 보여 주고 있었다.

눈부실 정도의 빠름으로 마치 그물을 펼치는 듯한 광경이 연출되었다.

검기로 이루어진 그물이었다.

그러나 그 검기의 그물은 설무백의 몸을 뒤덮었을 뿐, 전혀 닿지 않았다.

설무백의 신형은 아지랑이처럼 또는 바람처럼 실체가 없는 것 같았다.

결국 곽진이 그물처럼 펼쳐 낸 검기는 그저 스칠 듯 스칠 듯하면서 끝내 조금도 닿지 않고 지나가 버렸다.

그뿐이 아니었다.

놀랍게도 설무백의 신형은 그처럼 절묘한 회피를 보이면서도 곽진을 중심으로 반원 다섯 자를 벗어나지 않고 있었다.

마치 어른과 아이의 술래잡기처럼 곽진을 가지고 노는 것처럼 말이다.

물론 실제는 그렇지 않았다.

설무백은 최선을 다해서 싸우고 있었다.

정확히는 최선을 다해서 곽진의 쾌검술인 월인이 가진 허점을 파악하는 중이었다.

아니, 사실을 말하자면 확인이었다.

사실 그는 전생 때 이미 곽진의 쾌검술인 월인의 허점을 익히 잘 알고 있었다.

다만 확인이 필요했다.

곽진이 그 허점을 보완하려면 막대한 손해를 감수해야 하기 때문이었다.

그는 곽진이 그런 손해를 입지 않고도 월인을 보완할 수 있는 방법이 있는가를 사력을 다해서 모색하고 있었다.

그러나 아쉽게도 그런 방법은 없었다.

설무백은 결국 포기하며 한순간 검극을 뻗어 내는 곽진의 손목을 한 손으로 잡아채고, 다른 한 손으로는 곽진의 가슴을 찍어 눌러서 멈추게 만들며 말했다.

"이제 너도 느꼈을 테지만 지금의 월인은 결정적인 약점을 가지고 있다!"

설무백의 말마따나 곽진도 이제 느낀 것 같았다.

곽진은 거칠어진 호흡을 억누르느라 입술 틈으로 쌔액쌔액 독사의 입김 같은 소리를 내면서도 처연한 눈빛으로 자신의 몸을 내려다보고 있었다.

그의 몸은 여기저기 찢기고 긁힌 상처가 가득했다.

특히 오른쪽 어깨 아래 오른팔은 옷자락이 거의 다 떨어져 나간 상태였고, 길게 베인 칼자국이 한두 군데가 아니었다.

설무백의 공격에 당한 것이 아니었다.

설무백을 노리고 휘두른 그의 검극과 검기가 그 자신의 몸을 그렇듯 만신창이로 만들어 버린 것이었다.

"비, 빌어먹을……!"

곽진이 자괴감에 휩싸인 얼굴로 욕설을 흘렸다.

다른 누구도 아닌 그 자신에게 던지는 욕설이었다.

설무백은 그 순간에 마음을 다잡으며 순간적으로 그의 손에 들린 검을 낚아채서 그대로 휘둘렀다.

서걱-!

섬뜩한 소음과 함께 곽진의 오른팔이 어깨 아래에서 무처럼 잘려 나갔다.

"크으……!"

곽진이 신음을 삼키며 설무백을 뚫어지게 바라보았다.

분노도 아니고 원망도 아닌, 그야말로 묘한 눈빛이었다.

설무백은 그에 아랑곳하지 않고 팔이 떨어져 나간 그의 어깨 혈도를 점해서 지혈하며 말했다.

"너의 월인은 좌수쾌검의 진수다. 다만 너무나도 정교하게 최적화된 좌수쾌검의 진수인지라 오른팔의 방해를 받는다. 아마도 월인을 창안하고 네게 전수한 고인이 그런 외팔이가 아닐까 싶은데, 미안하지만 나로서도 이거 말고는 그 약점을 보완할 다른 해법을 찾을 수가 없었다."

어느 순간부터 적의가 사라진 곽진이 흔들리는 눈빛으로 설무백을 바라보며 물었다.

"당신은 누굽니까?"

설무백은 특유의 미온한 미소를 지어 보이며 말했다.

"과연 누군지 곁에서 머물며 알아봐라. 이제부터 너는 허풍선 곽진이 아닌 흑영(黑影)이다."

그랬다.

허풍선 곽진은 설무백의 전생인 흑사신 시절에 혈영 등과 함께 고굉지신을 자처하던 세 명의 수하 중 하나인 흑영이었다.

전생의 그인 흑사신을 만나서 오른팔이 잘리고 수하가 된 흑영이 운명의 장난처럼 전혀 다른 시간, 다른 장소에서 다시 그를 만나 결국 또 오른팔이 잘리며 좌수쾌검을 완성하게 된 것이다.

곽진이 거부하지도 용인하지도 않은 채 그저 얼빠진 모습으로 망연히 그를 바라보았다.

설무백은 무심하게 그에게서 시선을 돌렸다.

대산인 담대성이 비무가 끝난 것으로 보고 어느새 곁으로 다가와 있었으나, 무백은 그에게 시선조차 주지 않고 장내를 한번 훑어보았다.

장내는 충격의 도가니로 변해 있었다.

너무나도 압도적인 설무백의 무위에 다들 넋을 놓은 분위기였다.

자기들끼리는 허풍선이니 뭐니 해도 곽진은 엄연히 독특한 발검술을 계승한 검산의 제자였다.

강호 활동을 하지 않아서 무명일 뿐, 지금 당장 강호로 나간다면 어지간한 일류 고수도 찜 쪄 먹을 수 정도의 고수라 할 수 있었다.

그런데 그런 곽진을 설무백이 마치 어린애 다루듯 가지고 논 것이다.

그뿐만이 아니었다.

장내의 모두는 그와 곽진의 비무 전에 그리고 비무 하는 동안에 주고받은 대화를 전혀 듣지 못했다.

설무백이 내공을 발휘해서 비무 내내 그들의 주변을 차단했기 때문이었다.

하나같이 강호 일류를 능가하는 고수들인 그들은 능히 그것을 파악하고 적잖은 충격에 휩싸였다.

어지간한 초일류 고수도 내공의 일부로 주변을 차단한 상태로 곽진 정도의 고수를 상대한다는 것은 절대 쉬운 일이 아닌 것이다.

그러나 그마저 아무것도 아니게 되었다.

무심하게 장내를 둘러본 설무백은 그런 그들에게 더욱 충격적인 선언을 했다.

"곽진의 검산비무는 이제 내가 이어 가겠소. 우선은 지원자부터 받을 테니, 누구든 나서시오."

찬물을 끼얹은 것처럼 조용하던 장내가 소리 없이 들끓었다.

검산비무는 끝난 것이 아니라 이제 시작이라는 사실이 장내의 모두를 격동시키고 있었다.

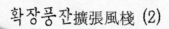

확장풍잔擴張風棧 (2)

본디 설무백은 전생인 흑사신 시절부터 검산의 무리를 경멸하던 사람이었다.

검산의 무리는 세상을 등지고 무도를 추구한다는 미명 아래 자신들의 안위와 욕심만 추구하는 위선자들이라는 것이 그의 생각이었기 때문이다.

물론 전생의 기억이고, 판단이었다.

강호 무림이 환란의 시대로 접어들어 죽고 죽이는 아비귀환의 지옥으로 변한 상황에서도 나 몰라라 홀로 독야청청 자신들의 둥지인 검산을 벗어나지 않는 검산의 무리를 그는 그렇게 판단할 수밖에 없었다.

그래서 그는 언제고 여유만 된다면 검산을 쓸어 버리리라는 마음을 항상 가지고 있었다.

이런저런 싸움에 가담하느라 실행에 옮기지는 못했지만 말이다.

이렇듯 모순적이게도 전생의 그가 검산에 대해서 잘 모르는 이유가 그 때문이었다.

전생의 그에게 검산의 무리는 그저 눈에 차지 않는 쓰레기에 불과했으니까. 그리고 당시의 그는 언제고 청소해 버릴 쓰레기를 신경 쓸 정도로 한가하지 않았다.

설무백이 곽진을, 바로 흑영을 취하고 나서 검산비무를 이어 가려는 이유가 거기에 있었다.

시대는 달라졌어도 그의 마음은 전혀 변하지 않았다.

아직은 전생의 그가 알고 있던 검산처럼 썩은 것으로 보이지는 않았지만, 얼마든지 썩어 갈 가능성이 농후했다.

곽진의, 바로 흑영의 검산비무가 바로 그 방증이었다.

그가 아는 흑영은 하늘이 두 쪽 나도 동료에게 칼을 들이댈 인물이 아니었다.

그런 흑영이 죽음을 각오하고 검산비무를 요구했다.

타고난 천성은 변하지 않는다.

이는 흑영이 검산의 무리를 동료로 보고 있지 않다는 뜻이며, 그들의 따돌림과 독선이 얼마나 극심했는지를 여실히 보여 주는 모습이었다.

그간 흑영이 겪은 고초가 그의 마음을 시리도록 자극하는 것은 둘째 문제였다.

이런 독선의 무리는 미래에 다가올 환란의 시대를 위해서도 사라지는 것이 나았다.

'묘하긴 하군.'

곽진, 즉 흑영을 대신해서 검산비무를 이어 가겠다고 선언하며 독하게 마음을 다잡던 설무백은 문득 검산이 소리 소문 없이 사라졌다는 전생의 기억이 떠올라서 참으로 기분이 묘해졌다.

혹시 누군가 지금의 자신과 같은 생각으로 그와 같은 일을 벌였던 것이 아닐까?.

그때 매서운 대갈일성이 소리 없이 어수선하던 장내를 가로질렀다.

"건방진 놈이로고! 한 수 재간을 믿고 너무 까부는구나! 검산의 제자들이 그리도 허투루 보였단 말이냐!"

목소리의 여운이 사라지기도 전에 하나의 인영이 설무백의 전면으로 떨어져 내렸다.

어지간한 사람은 눈으로 좇을 수 없을 정도로 표홀한 신법이었다.

그러나 설무백은 상대의 움직임을 조금도 놓치지 않았다.

상대는 측면으로 대여섯 장 떨어진 비탈길에 서서 자신을 노려보던 적삼 노인이었다.

비쩍 마른 체구에 스산한 눈빛은 둘째 치고, 허리에서 덜렁이는 칼의 특이한 모양이 이채로웠다.

흉노(兇奴)들이 사용한다는 초승달처럼 크게 휘어진 반월도(半月刀)였다.

설무백은 떨떠름한 표정으로 적삼 노인을 쳐다보며 물었다.

"검산비무가 원래 이렇소? 예의고 뭐고 간에 명호도 밝히지 않고 막 욕부터 하고 그래도 되는 거요?"

적삼 노인이 다짜고짜 살기를 드러내며 반월도를 뽑아 들었다.

"천둥벌거숭이처럼 겁 없이 설치는 애송이 하나 혼내 주는데 예의는 무슨! 너 따위 놈에겐 명호를 밝히는 것도 아깝다!"

"그렇다면야 뭐……."

설무백은 수긍한다는 듯 아무렇지도 않게 고개를 끄덕이며 적삼 노인을 향해 불쑥 손을 내밀었다.

검푸른 섬광이 그의 손에서 번쩍였다.

"헉!"

적삼 노인이 기겁하며 수중의 반월도를 사선으로 기울여서 가슴을 방어했다.

그러나 소용없었다.

펑-!

둔중한 폭음이 터졌다.

설무백의 장심에서 뻗어 나간 검푸른 섬광이, 바로 구철마수와 청마수가 혼합된 극강의 경력이 앞으로 내밀어진 반월도를 밀어붙이며 여지없이 적삼 노인의 가슴에 작렬한 것이다.

"컥!"

비명조차 제대로 지르지 못한 적삼 노인이 피를 뿌리며 가랑잎처럼 날아갔다.

이내 비탈길에 처박힌 그는 죽었는지 살았는지 모르게 널브러졌다.

설무백은 멋쩍은 듯 입맛을 다시며 중얼거렸다.

"말만 앞섰지 실력은 별로네."

장내는 쥐 죽은 듯 고요했고, 그래서 모두가 그의 나직한 목소리를 정확히 들을 수 있었다.

경악과 불신에 찬 모습으로 그를 바라보던 장내의 모두가 황당한 표정으로 바뀐 것은 바로 그 때문이었다.

그들이 아는 적삼 노인은 약관도 안 되어 보이는 애송이에게 그따위 말을 들을 만한 사람이 전혀 아니었다.

적삼 노인은 과거 설산(雪山) 일대에서 혁혁한 명성을 떨치던 전대의 거마인 설산진군(雪山眞君) 위중악(位中嶽)이었고, 검산에 적을 둔 산인들 중에서 수위를 다투는 고수였던 것이다.

그걸 전혀 모르는 설무백은 아무렇지도 않게 손을 털며 장내를 둘러보았다.

"다음 차례!"

엄청난 위압감이 장내에 휘몰아쳤다.

어지간한 사람은 제대로 바라볼 수조차 없는 존재감이 그의 전신에서 풍겨 나오고 있었다.

하지만 코앞이 지옥이라도 나설 수밖에 없고, 나서야 하는 입장이 있는 법이다.

네 명의 사내가 줄지어 일어났다.

위중악의 곁에 앉아 있던 사내들, 사문지현이 설명한 검산의 체계에 따르면 바로 위중악의 제자들이었다.

그들의 입장에서는 눈앞에서 사부의 패배를 목도하고도 그대로 가만히 앉아 있을 수만은 없었던 것이다.

설무백은 한꺼번에 나서는 그들을 보고 조금 어색한 표정을 지었으나, 이내 표정을 풀었다.

이미 마음을 먹은 이상 하나든 다수든 그에겐 아무런 상관 없었다.

그때 담대성이 준엄하게 소리쳤다.

"산인들만이 나설 수 있는 자리니라! 너희들이 지금 검산비무를 모독하려는 게냐!"

분연히 떨치고 일어났던 네 사내가 담대성의 불호령이 찔끔하며 물러났다.

그러나 그들이 물러났음에도 불구하고 나서는 사람이 아무도 없었다.

하긴, 전대의 고수인 설산진군 위중악을 마치 파리를 쫓듯 가볍게 휘두른 일격으로 날려 버린 설무백의 신위를 보고도 선뜻 나설 수 있는 사람이 과연 얼마나 있을 것인가.

다만 설무백은 이대로 끝낼 생각이 전혀 없었다.

"없다면 이제 내가 지목하지!"

냉담하게 뇌까린 그는 무심한 듯 냉정한 시선으로 새삼 장내를 둘러보았다.

은연중에 그의 시선을 피하는 자들이 적지 않았다.

설무백은 그자들부터 마음에 두었다.

그런데 그럴 수 없게 되었다.

문득 한상지가 말했다.

"포기하게. 이제 누구를 지목해도 자네가 원하는 비무는 이루어지지 않을 게야."

설무백은 미심쩍은 표정으로 물었다.

"어째서 그렇죠?"

한상지가 대답했다.

"다들 스스로 패배를 인정하고 물러나는 것이 싸워서 패하는 것보다는 낫다고 생각할 테니까. 치욕스럽긴 해도 패할 것을 뻔히 알고 나서는 바보가 세상천지 어디에 있겠나."

그는 키득거리며 덧붙였다.

"너무 본색을 드러냈어, 자네가. 설산진군 위중악을 한 방에 날려 버렸으니 말이야."

설무백은 이제야 앞서 상대한 적삼 노인의 정체를 알고는 절로 입맛이 썼다.

'제법 기도가 남다르다고 생각은 했지만…….'

설산진군 위중악이라면 그도 들어 본 적 있는 인물이었다.

정사지간의 인물이긴 하나, 구대 문파의 제자들조차 그의 무위를 인정할 정도로 흑백도를 막론하고 상당한 영향력을 행사하던 전대의 고수였다.

검산의 위명이 제아무리 강호 무림에서 인정받는다고 해도, 구대 문파와 비교할 바는 아니었다.

그런데 구대 문파의 제자들에게조차 인정받는 극강의 고수를 한 방에 날려 버렸으니 감히 누가 선뜻 나설 수 있을까.

'아무리 그래도 그렇지!'

사태를 파악하고 이해한 설무백은 불쑥 화가 더 치밀어 올랐다.

전통이니 뭐니 하며 거창하게 떠벌일 때는 언제고 이제 와서 패배가 두렵다고 비무를 회피하다니, 참으로 졸렬한 자들이 않은가.

설무백은 검산에 대한 자신의 평가가 조금도 틀리지 않았다고 생각하며 격분을 더했다.

이게 검산의 실체라면 더더욱 그대로 둘 수 없었다.

"패배가 두려워서 싸움을 피하는 무인의 집단이라니, 참으로 우습기 짝이 없군요. 설령 사실이 그렇다고 해도 나는 직접 두 눈으로 확인해야겠소이다."

"아니, 그러지 말게."

한상지가 그의 태도를 막으며 말했다.

"무인에게 패배만큼 두려운 것이 또 어디에 있겠나. 패배를 두려워하는 건 무인의 본능인 게야. 무인이기에 패배가 두려운 거지."

"두렵다고 피하면 버릇이 됩니다."

설무백은 냉담하게 잘라 말했다.

"두려움을 극복하지 못하고 피하는 무인도 과연 무인이라고 할 수 있습니까?"

한상지가 묘하게도 내내 자리했던 입가의 웃음기를 지우며 대답했다.

"두려움은 극복의 대상이 아닐세. 그냥 참는 것뿐이야. 과연 얼마나 참을 수 있느냐에 따라 용기의 크기가 결정될 뿐이지. 자네는 용기가 없다고 해서 세상의 지탄을 받아야 한다고 생각하나?"

설무백은 침묵했다.

선뜻 대꾸할 말이 떠오르지 않았다.

그런 쪽으로는 한 번도 생각해 본 적이 없었는데, 듣고 보니 뭐가 옳은 것인지 선뜻 판단하기가 어려웠다.

한상지가 그런 그를 지그시 바라보며 다시 말했다.

"자네가 할 수 있다고 해서 다른 사람들도 할 수 있다고 생각하는 것은 실로 그릇된 생각이네. 오만이고, 거만이며 더 할 수 없는 무례일세."

설무백은 한 방 맞은 것 같은 기분이 되었다.

과연 그럴 수도 있다는 생각이 들었다.

전생의 그였다면 전혀 달랐을 테지만, 지금의 그는 그랬다.

지금의 그는 전생을 모두 기억하고 있지만 전생의 그와는 이제 엄연히 다른 존재인 것이다.

그는 어렵사리 입을 열어서 물었다.

"그래서 제가 어찌하길 바랍니까?"

한상지는 자신의 말을 수긍하는 그의 태도가 놀랍다는 듯 혹은 대단하다는 듯 눈을 빛내며 한결 누그러진 목소리로 말했다.

"쥐도 빠져나갈 구멍을 만들어 놓고 몰아야 한다고 하지 않나. 그러니 이렇게 하면 어떻겠나. 처음처럼 도전자를 받되 한꺼번에 받는 게야. 물론 나서지 않는 산인들은 모두 다 패배를 인정한 것으로 간주하는 것이지. 어떤가? 그래 주겠나?"

설무백은 왠지 모르게 한상지의 목소리에서 열기를 느꼈다. 어떤 이유에서 생겨난 열기인지 몰라도 매우 뜨겁고 강렬한 열기였다.

설무백은 그의 말에 수긍을 더하며 좌중을 향해 질문하는 것으로 대답을 대신했다.

"검산비무를 속행할 지원자는 나서길 바라오."

아무도 나서지 않았다.

그렇게 잠시 침묵이 흐르다 멀찍이 떨어진 자리에 앉아 있던 흑포 노인 하나가 일어났다.

송충이처럼 짙고 시꺼먼 눈썹에 횃불같이 타오르는 한 쌍의 호목(虎目)에서 비범한 위엄과 냉오한 기질이 엿보이는 반백의 노인인 그가 한상지를 향해 말했다.

"나와 검치 자네의 무공은 환(幻)과 연(連)이라는 측면에서는 같고, 쾌(快)에서는 내가 밀리나, 파괴력을 따지는 중(重)에서는 자네가 밀리니 우열을 가리기 어려우나, 기본적으로 도와 검를 추구한다는 측면에서 다르니 나는 나설 수밖에 없겠네. 자네는 어쩌겠나?"

한상지가 빙그레 웃으며 대답했다.

"저 친구는 본디 내가 수련을 위해 초대했다네. 어찌 나서지 않을 수 있겠나. 근데……."

잠시 말꼬리를 흐린 그가 이유를 모르게 머쓱한 표정을 지으며 물었다.

"물론 차례를 기다리겠다는 뜻일 테지?"

흑포 노인이 대수롭지 않다는 듯 대꾸했다.

"그야 물론이지."

한상지가 왠지 모르게 묘하게도 아쉽다는 표정으로 고개를 끄덕이며 말했다.

"그럼 자네가 두 번째일세."

"그러지."

무슨 사연이 담긴 말인지는 모르겠으나, 흑포 노인이 자신의 차례를 인정하기 무섭게 한 사람이 더 나섰다.

"그럼 이 사람이 세 번째로 하겠네. 검산의 역사에 길이 남을지도 모르는 자리에 노부가 빠질 수 없지."

검산의 대산인인 혈인마금 담대성이었다.

공터의 가외로 나와 있던 그가 어느새 거무튀튀한 철금(鐵琴) 하나를 든 채 설무백을 바라보며 뜻 모를 미소를 짓고 있었다.

그리고 더 이상의 도전자는 없었다.

그러나 설무백은 서른세 명의 산인들 중 고작 세 사람만이 나섰다는 상황보다 의미심장한 담대성의 말이 무슨 뜻인지 몰라서 절로 미간을 찌푸렸다.

그때 천천히 비탈길을 내려와서 그의 면전에 선 한상지가 빙그레 웃으며 말했다.

"그리 신경 쓰지 말게나. 대산인의 말은 그저 검산이 하나의 계파로 통일될 수도 있다는 뜻일 뿐이네."

그리고 그는 품고 있던 검을 뽑아서 설무백을 겨누며 덧붙였다.

"자네가 나와 저 친구 뇌정공(雷精公) 마결(馬缺), 그리고 대산인을 넘어서면 말일세."

검산이 하나의 계파로 통일될 수도 있다.

설무백은 의미심장하게 흘린 한상지의 이 설명을 그다지 깊게 생각하지 않았다.

그저 단순하게 그들, 세 명을 제압하면 검산의 모두가 패하는 것이라는 의미로 치부했다.

한상지가 한 말의 의미보다 흑의 노인의 정체가 그의 마음을 더 흔들었기 때문이다.

'천하칠도(天下七刀)!'

강호 무림에는 검을 다루는 무인들 중 가장 뛰어나다는 천하십검이 있다면 도를 다루는 무인들 중 가장 뛰어나다는 천하칠도도 있었다.

뇌정공 마결은 바로 그 칠도십검(七刀十劍) 중 칠도의 하나인 도법의 고수였다.

이외의 거물이었다.

게다가 그 거물의 입에서 나온 말 또한 쉽게 지나칠 수 없을 정도로 예사롭지 않았다.

천하칠도의 하나인 뇌정공 마결은 검치 한상지의 무위를 자신과 동수라고 말했다.

이는 한상지의 무위가 설무백이 생각하던 수준 이상의 경지라는 뜻이었다.

설무백은 한상지의 무위를 아직 우열을 가릴 수 없는 풍사나 공야무륵, 또는 잘해야 석년의 경지를 되찾지 못한 작금의 예충 정도로 평가하고 있었는데, 마결의 말이 사실이라면 그게 아니라는 소리였다.

마결이 그렇듯 한상지 역시 석년의 예충과 버금가는 경지의 고수인 것이다.

그가 잘못 본 것일까?

아니면 그의 눈이 높아져서 그렇게 보인 것일까?

설무백은 잠시 그런 생각을 하다가 이내 지우고 절로 특유의 미온한 미소를 지었다.

이유야 어쨌든 이건 그가 바라 마지않는 일이었다.

아니, 절대 놓칠 수 없는 기회였다.

대공을 성취한 이후 처음으로 그의 전력을 시험해 볼 수 있는 기회가 찾아온 것이다.

'칠도의 하나와 십검과 견줄 수 있는 두 사람이라면!'

설무백은 이내 마음을 다잡으며 대치한 한상지 이하 차례를 기다리는 두 사람, 마결과 담대성을 의미심장하게 번갈아 보았다. 그리고 불쑥 제안했다.

"우리 그냥 한 번에 해치우는 게 어떻습니까? 구차하게 질 질 끄는 것보다 그게 낫지 않겠습니까?"

한상지가 몹시도 분노한 것처럼 격동이 자리한 눈가를 가늘게 좁히며 그를 보았다.

"지금 그게 무슨 말인가? 설마 지금 우리들에게 합공을 하라는 소리인가?"

설무백은 노골적으로 도발했다.

"저는 괜찮습니다만?"

내내 여유를 잃지 않고 있던 한상지가 격해진 감정을 표출했다.

"고약하군!"

흥미를 넘어선 진중함으로 그들의 대치를 주시하던 담대성과 마결도 그와 같은 감정을 드러냈다.

"나도 늙었군. 잠룡이라고 생각했더니, 어린 망나니였나?"

"보자보자 했더니만, 하늘 높은 줄 모르고 너무 겁 없이 설치는구나! 우리가 너 따위 애송이를 상대로 손을 합쳐도 좋을 위인들로 보였단 말이더냐!"

설무백은 내심 고개를 갸웃했다.

왜 그런지 알 수 없지만 정말 이상하게도 그들의 분노에서 전혀 살기를 느낄 수가 없었다.

그는 애써 그 느낌을 삭이며 말했다.

"나중에 사기를 쳤다고 할까 봐 미리 밝힙니다만……."

말꼬리를 늘인 그는 순간적으로 오른손을 옆으로 뻗어서 거무튀튀한 양날 창, 흑린을 내보였다.

"양 자, 세 자, 기 자를 쓰시는 조부님께 양가창을 사사했습니다."

"자네가 신창의 후예라고?"

한상지가 당황하고, 담대성과 마결이 끔뻑이는 눈으로 놀라움을 드러내는 가운데 장내가 갑자기 웅성웅성 소란스러워졌다.

담대성이 이내 정신을 차리며 말했다.

"설령 신창의 후예라 할지라도 이건……!"

"또한!"

설무백은 무심한 듯 냉정하게 잘라 말했다.

"인연이 닿아 천하삼기라 불리시는 어른들을 사사했으니, 무시하지 말아 주셨으면 합니다."

웅성거리던 장내가 찬물을 끼얹은 것처럼 조용해졌다.

한상지가 당황과 놀람을 넘어서서 의심의 눈초리를 던지며 물었다.

"지금 자네가 신창과 천하삼기의 공동전인이라고 말하는 것인가?"

설무백은 입가에 특유의 미온한 미소를 드리웠다.

여차하면 낭왕의 후예라는 사실까지 밝히려고 했는데, 그들의 표정을 보니 그럴 필요까지는 없을 것 같았다.

그는 마음을 다잡으며 말했다.

"확인해 보시죠?"

"음!"

한상지가 침음을 흘리며 담대성과 마결을 바라보았다.

못내 의심의 기색을 드러내고 있던 담대성과 마결도 그와 시선을 마주했다.

설무백은 그에 아랑곳하지 않고 위협하듯 양가창의, 즉 십자경혼창의 진각을 밟았다.

쿵-!

땅이 진동했다.

설무백을 중심으로 일어난 일진광풍이 사위로 퍼져 나갔다.

대치한 한상지가 휘청거리며 한 걸음 물러났고, 장내에 자리한 모든 사람들의 머리카락이 사납게 휘날렸다.

주변의 초목들마저 거칠게 흔들릴 정도의 바람이었다.

설무백은 그 상태로 한상지를 직시하며 경고하듯 물었다.

"혼자서 감당할 수 있겠습니까?"

한상지의 눈가에 경련이 일어났다.

자존심과 오기가 북받쳐서 대꾸를 못하는 듯하지만, 이미 자신의 부족함을 실감한 눈치였다.

담대성이 그 순간에 앞으로 나서고, 신형을 날린 마결이 그의 곁으로 떨어져 내렸다.

결국 그들도 설무백이 드러낸 신위 앞에서 한상지와 같은 마음이었던 것이다.

설무백은 거두절미하고 말했다.

"시작할까요?"

무언의 합의를 이룬 한상지와 담대성, 마결이 누가 먼저랄 것도 없이 동시에 고개를 끄덕이며 좌우로 이동해서 그를 포위했다.

설무백은 진각을 밟은 모습 그대로 서서 그들의 움직임을 예리하게 주시했다.

담대성이 철금을 어깨에 걸치고 손가락을 구부려 현을 잡았다.

그리고 한상지가 수중의 검극을 똑바로 세우고, 마결이 굵은 몽둥이처럼 투박한 박도를 뽑아서 그를 겨누었다.

살기가 비등했다.

그들 사이의 압력이 서서히 높아지면서 주변의 공기가 우렁우렁 소리 내며 울기 시작했다.

설무백은 참으로 오랜만에 투지에 불타서 선공에 나서고 싶은 마음이 굴뚝같았으나, 애써 눌러 참았다.

그러면 너무 싱거운 싸움이 될지도 몰랐다.

그는 성급한 감정으로 인해 자신의 역량을 확인해 볼 이 기회를 허무하게 망칠 수 없었다.

그때 그들 사이의 압력이 급격히 높아졌다.

순간,

꽈릉-!

벽력음이 터지고, 살기가 뻗쳤다.

마결이 번개 같은 동작으로 박도를 휘두르며 설무백에게 쇄도하고 있었다.

설무백은 전신을 찌르는 살기에 예민하게 반응해서 흑린을 수평으로 휘둘렀다.

박도와 흑린이 충돌했다.

쩡-!

거친 쇳소리가 터지고, 조각난 경기가 불꽃처럼 빛을 발하며 사방으로 튀었다.

박도가 튀어나가고 흑린의 창대가 활처럼 크게 휘었다.

설무백은 내심 감탄했다.

흑린을 잡은 손이 묵직한 몽둥이에 맞은 것처럼 뻐근했다.

슬쩍 내려다본 그의 소맷자락은 날카로운 칼에라도 베인 듯 서너 군데나 찢겨져 있었다.

마결의 일격에는 진짜 벼락과도 같은 파괴적인 도기가 담겨 있었던 것이다.

그러나 감탄만 하고 있을 여유는 그에게 없었다.

한상지와 담대성이 마치 그 순간을 기다린 것처럼 누가 먼저랄 것도 없이 동시에 움직였다.

번쩍!

눈부신 검광이 번뜩이고.

따당—!

예리한 소리가 설무백의 고막을 때렸다.

공히 무림일절이라 불리는 한상지의 성명절기인 구구탈백검(九九奪魄劍)의 일 초식과 혈인마금으로 펼치는 담대성의 음공이 동시에 펼쳐진 것이다.

설무백은 예상보다 빠른 한상지의 일검에 놀라고, 처음 겪어 보는 음공에 신기해하며 반응했다.

어떻게 움직였는지 눈에 보이지도 않는 극쾌(極快)의 신법인 무상신보가 전개되었다.

그는 늦게 반응했으나, 그래서 오히려 빨랐다.

그의 신형이 순간적으로 자리를 이동, 한상지의 면전에 나타나서 손을 들었다.

흑린의 창대가 수평으로 눕혀지며 광채로 대변되는 한상지의 검극을 막았다.

깡-!

강렬한 쇳소리가 터지며 불똥이 튀었다.

그와 무관하게 동시에 들려진 설무백의 왼손이 측면으로 내밀어졌다.

무형지기와도 같이 소리 없이 뻗어 오던 담대성의 음공지기가 그 손에, 정확히는 손바닥에 막혔다.

빡-!

메마른 타격음이 터졌다.

팽팽하게 조여진 가죽 북이 찢겨 나가는 듯한 그 소리와 함께 담대성이 철금으로 쏘아 낸 음공지기가 흔적도 없이 소멸되었다.

취릿-!

한상지가 수중의 검극을 휘둘렀다.

그의 검극이 뱀처럼 고개를 숙여서 충돌했던 흑린의 창대 아래를 파고들었다.

눈부신 속도.

그러나 이번에도 역시 검극을 보고 난 후에 움직인 설무백이 한상지보다 빨랐다.

담대성의 음공지기를 막아 낸 설무백의 손이 어느새 가슴 앞으로 당겨져서 흑린의 창대 아래를 파고드는 검극을 움켜잡았다.

"과하다!"

한상지가 놀라 황당할 만큼 예기치 못한 그의 방어에 매서운 일침을 가하며 검극을 비틀었다.

검극을 잡은 설무백의 손을 그대로 후벼 파 버리려는 생각으로 반격을 한 것이었다.

그리고 다음 순간.

"헉!"

한상지의 입에서 당황 어린 헛바람이 새어 나왔다.

검극이 흡사 거대한 철벽에 박힌 것처럼 꼼짝도 하지 않았다.

다급해진 그는 사력을 다해서 검극을 당기며 물러났다.

아니, 물러나려 했다.

그러나 그마저 뜻대로 되지 않았다.

그는 오히려 앞으로 딸려 갔다.

설무백이 맨손으로 움켜잡은 그의 검극을 잡아당긴 것이었다.

한상지는 어쩔 수 없이 수치를 무릅쓰고 검을 포기하며 빠르게 뒷걸음질 쳤다.

하지만 그와 설무백의 거리는 조금도 벌어지지 않았다.

설무백이 그와 같은 속도로, 아니 그보다 더 빠른 속도로 다가섰기 때문이다.

한상지가 크게 당황하며 쌍수를 내밀었다.

그러자 설무백의 손이 기묘한 각도로 흔들리더니 그가 내민 손을 좌우로 벌려 버리고 가슴에 달라붙었다.

펑ㅡ!

요란한 폭음이 울렸다.

오직 한상지만이 들을 수 있는 폭음이었다.

설무백이 펼친 고도의 내가중수법이 그의 가슴을 통해 내부에서 폭발한 것이다.

"크으……!"

한상지는 피를 뿌리며 저만치 날아가서 바닥에 처박혔다.

그사이.

꽈릉ㅡ!

벽력음이 터졌다.

공중, 설무백의 머리 위였다.

한차례 격돌로 튕겨졌던 마결이 어느새 높이 날아올라서 먹이를 노리는 독수리처럼 빠르게 떨어져 내리고 있었다.

그러나 오늘의 독수리는 먹이를 낚아채기도 전에 날개가 먼저 꺾여 버렸다.

아무런 사전 동작도 없이 치솟아 오른 설무백의 흑린이 벼락처럼 떨어져 내리던 마결의 어깨를 관통한 것이다.

마결이 방어를 하지 않은 것은 아니었다.

그는 느닷없이 치솟은 흑린의 검극을 보고 사력을 다해서 박도를 휘둘렀으나, 흑린의 서슬은 거짓말처럼 이미 그의 어깨를 관통한 상태였고, 박도는 헛되이 창대를 두드리는 것이 다였다.

설무백이 순간적으로 쳐든 흑린은 단순히 빠르기만 한 것이 아니라 뻔히 눈으로 보면서도 막을 수 없는 초식의 변화가 내제되어 있었던 것이다.

이른바 십자경혼창의 정수인 추혼일섬(追魂一暹)이었다.

"크윽!"

흑린의 창극에 어깨를 관통당한 마결이 비명을 삼키며 허공에서 바동거렸다.

그나마 그의 신형이 창대를 타고 미끄러져 내리지 않은 것은 와중에도 그가 두 손으로 창대를 잡고 버텼기 때문이다.

그로서는 그럴 수밖에 없었다.

그리고 그런 긴박한 상황에서도 그는 한손으로 흑린을 잡고 있는 설무백의 다른 손이 검붉게 타오르는 것을 놓치지 않았다.

그대로 미끄러져 내려간다면 끝이었다.

그는 가늠하기 어려운 공력이 응집된 설무백의 그 손을 감당할 수 없다는 사실을 본능적으로 직감하고 있었다.

그때 담대성이 그를 돕기 위해 나섰다.

담대성의 손이 철금의 현을 빠르게 튀겨 냈다.

따당-!

날카로운 소리가 연속해서 울렸다.

예리하게 응축된 음공지기가 꼬리를 물고 이어지며 설무백의 요혈을 노리고 쇄도했다.

설무백은 곧추세운 흑린을 내던지듯 앞으로 숙이며 소리 없이 쇄도하는 음공지기를 손바닥으로 막았다.

작대기에 꽂힌 개구리처럼 흑린의 창극에 매달려 있던 마결이 저만치 나가떨어지는 사이.

따닥-!

메마른 타격음이 연속해서 터졌다.

담대성이 철금으로 격사한 음공지기가 설무백이 시선도 주지 않고 내민 손바닥에 막히는 소리였다.

음공지기가 손바닥을 때리며 짙은 연기가 피어올랐으나, 그게 다였다.

설무백의 손바닥은 긁힌 자국 하나 없이 멀쩡해서 보는 이들의 입에서 절로 경악을 자아냈다.

"어, 어찌 저런……!"

설무백은 그제야 돌아서며 담대성에게 시선을 줬다.

담대성은 당황에 겨워하는 와중에도 즉시 가부좌를 틀고 앉아 철금을 무릎에 올려놓고 사납게 현을 튕겨 냈다.

따다당-!

이전과 사뭇 다르게 강력해진 음공지기가 연속해서 격사되었다.

그러나 설무백은 역시나 아무렇지도 않게 손바닥을 내밀어서 그 기세들을 막아 내며 뚜벅뚜벅 담대성을 향해 걸어갔다.

다른 사람들의 눈에는 전혀 보이지 않는 음공지기가 그의 눈에는 보였다.

비단 보일 뿐만 아니라 느낄 수도 있었다.

고도로 발달된 그의 감각은 미세하긴 하나 아지랑이처럼 흔들리는 공기의 변화를 추호도 놓치지 않았다.

으득!

담대성이 소리가 나도록 어금니를 악물며 철금에 올린 두 손을 어지럽게 놀렸다.

그의 손끝이 터져서 피가 나고, 그 피가 묻은 철금의 현이 요란하게 진동하며 화살처럼 혹은 칼끝처럼 예리한 음공지기를 폭포수처럼 쏟아 냈다.

따당! 따다당-!

날카로운 소음이 장내를 가로지르는 가운데, 사방에서 탄성이 터져 나왔다. 놀랍게도 설무백이 음공지기를 막아 내던 손을 내렸기 때문이었다.

완전한 무방비 상태, 그럼에도 불구하고 바위도 꿰뚫어 버리는 담대성의 음공지기가 그의 몸에 닿지 않았다.

대신 설무백의 전면에서 화려한 불꽃이 일어났다.

담대성이 격사한 음공지기가 그의 몸에 닿기 직전에 무언가에 막혀서 사방팔방으로 비산하며 일어나는 불꽃이었다.

절대극강의 호신강기인 불사마화강의 위력이었다.

그와 더불어 얼굴을 비롯해서 밖으로 드러난 설무백의 피부가 거무튀튀하게 변한 것은 불사마화강과 동시에 금강불괴와 다름없는, 아니, 그보다 앞서는 철마지체의 발현이었으나, 그건 불필요한 일이었다.

담대성의 음공지기는 이미 그의 호신강기인 불사마화강에 막혀서 폭죽처럼 화려한 불꽃을 일으키고 있었기 때문이다.

사방으로 튀는 경기의 파편과 선홍빛의 불똥으로 인해 거대한 불꽃처럼 눈부시게 발화하며 뚜벅뚜벅 담대성을 향해 다가가는 설무백의 모습은 그야말로 천하의 그 누구도 두 번 다시 볼 수 없는 기사요, 신기 그 자체였다.

"익!"

결국 미친 듯이 철금의 현을 뜯던 담대성이 마침내 참지 못하고 그대로 비상했다.

그리고 철금을 검갑으로 사용하던 검 한 자루가 그의 손에서 빛을 발하며 수십 가닥의 검기를 흩뿌렸다.

검기를 넘어선 검사의 경지였다.

담대성이 구주칠기에 속한 음공의 달인이자, 천하십검에 버금가는 검법의 귀재임이 여실히 드러나는 순간이었다.

그러나 아쉽게도 그는 비상과 동시에 추락했다.

설무백이 순간적으로 사라졌다가 귀신처럼 그의 면전에 나타나서 손을 뻗어 냄과 동시에 벌어진 일이었다.

쿵-!

담대성의 몸이 그대로 땅에 쑤셔 박혔다.

설무백이 비상하던 그의 목을 움켜잡음과 동시에 그대로 찍어 내려 버린 결과였다.

"컥!"

짧게 끊어진 담대성의 비명이 검산비무의 끝을 알렸다.

검산이 역사 이래 처음으로 설무백이라는 하나의 계파로 통일되는 순간이었다.

⚜

한상지는 이내 정신을 차렸으나, 마결은 반나절이 지나서 눈을 떴고, 담대성은 하루가 지난 다음 날 아침이 되어서야 깨어났다.

설무백의 응급처치와 추궁과혈을 동원한 치료가 아니었다면 그 시간은 더욱 길어졌을 것이다.

검산의 제자로 불리는 산인들과 그 문하들은 그동안 묵묵히 자리를 지켰다.

그건 참으로 묘한 분위기였다.

승자와 패자가 한자리에서 밤을 지새우고 있다는 사실이 어색해서가 아니었다.

검산의 제자들 사이에는 그와 상관없이 설무백이 이해할 수 없는 기류가 흐르고 있었다.

설무백의 도움으로 먼저 깨어난 한상지와 마결도 다르지 않았다. 아니, 그들이 깨어나고 나서부터는 분위기가 더욱 이상해졌다.

그들은 그들대로 그저 침묵한 채 알게 모르게 서로서로 무언가 눈치를 보았기 때문이다.

더욱이 이상한 것은 그들 모두가 전혀 분해하지 않고 있다는 사실이었다.

다들 애써 내색은 삼가고 있었으나, 어딘지 모르게 기뻐하는 것처럼 느껴지기도 했다.

예기치 못한 패배에 정신이 이상해진 것일까?

설무백은 굳이 그걸 따지거나 캐묻지 않았다.

모든 것을 다 떠나서 기본적으로 그들의 관심이 담대성의 안위에 쏠리고 있음을 느낄 수 있었기 때문이다.

검산의 해체를 바라던 그가 그런 마음을 뒤로한 채 담대성을 깨우기 위해 추궁과혈까지 동원한 이유는 거기에 있었다.

그게 무엇인지는 몰라도 그가 모르는 사연이 있다는 기분이 들어서 그대로 참고 있을 수가 없었다.

그런데 과연 그랬다.

담대성이 깨어나자, 설무백에게 그야말로 어처구니가 없는 사태가 벌어졌다.

모두가 적잖게 긴장한 눈초리로 바라보는 가운데, 겨우 몸을 가눌 수 있게 된 담대성이 힘겹게 자리에서 일어나더니 설무백을 향해 털썩 무릎을 꿇고 두 손을 바닥에 대 머리를 조아린 것이다.

이른바 상대를 향한 최대한의 공대인 투지례(投地禮), 즉 오채투지(五體投地)였다.

"태산파의 이십팔 대 호원관(護院關) 담대성이 태상장로(太上長老)를 배알합니다!"

뒤를 이어 한상지와 마결이 오채투지했다.

"태산검문(太山劍門)의 이십구 대 수좌 한상지가 태상장로를 배알합니다!"

"태산도문(太山刀門)의 이십구 대 수좌 마결이 태장장로를 배알합니다!"

그리고 그와 동시에 좌중의 모두가 무릎을 꿇고 머리를 조아리며 우렁차게 외쳤다.

"……태상장로를 배알합니다!"

설무백은 잠시 멍해졌다.

수상쩍은 분위기를 읽은 까닭에 여러 가지 상황을 예상해 보긴 했으나, 이런 상황은 예상 외였다.

검산이 태산파의 명맥을 잇고 있다는 것은 무림에서 소리

없이 유명한 사실이라 그도 익히 잘 알고 있었다.

그러나 이렇듯 직접 태산파의 제자임을 선언하고 나서는 사람이 있다는 얘기는 한 번도 들어 본 적이 없었다.

난데없이 태상장로라는 이 황당한 존칭은 대체 뭐란 말인가.

그는 애써 정신을 추스르며 물었다.

"아무래도 설명이 필요할 것 같습니다만?"

담대성이 고개를 들지 않고 대답했다.

"놀랍고 황당하시겠지만, 태상장로께서는 그동안 우리 태산파가 절치부심, 갖은 수모를 감내하며 숨죽인 채 기다려 온 분이십니다. 이는 선대이신 이십이 대 장문인의 유지로……."

설무백의 입장에서는 정말 놀랍고 황당한 담대성의 선언을 시작으로 그간 세상에 알려지지 않았던 태산파의 비사가 흘러나왔다.

태산파의 이십이 대 장문인인 태산제일검 감곡천(感谷泉)은 이백 년 전의 인물로, 무림 십대 고수의 반열에 오른 절대 고수였으나, 당시 발호한 천산적가, 즉 천산파를 상대하는 와중에 입은 상처로 인해 오십 대의 창창한 나이에 귀천한 비운의 태산제일인이었다.

태산파가 몰락의 길로 접어든 것이 그때부터였는데, 알고 보니 그 이면에는 감추어진 또 다른 사연이 있었다.

당시 천산파의 발호를 제지하기 위해 나선 무림맹의 내부에는 암중에서 그들을 비호하는 무리가 존재했다.

그들이 천산파가 심어 놓은 간자인지 아니면 단순히 태산파의 약진을 저어하는 무리인지는 모르겠으나, 감곡천은 세상에 알려진 바와 달리 천산파가 아닌 그들이 도모한 암격에 당했고, 끝내 죽음을 맞이했던 것이다.

-태산파가 오롯이 태산파로 우뚝 서기 위해서는 조사전의 문을 열고 조사이신 태산노군(太山老君)의 유전을 얻어야 한다. 모든 제자들에게 동등한 기회를 주되, 끝내 조사전에 들 수 있는 제자가 없다면 태산파는 절대 무림에 나서지 말며, 조사의 진전을 얻을 수 있는 인재를 찾는데 주력하고, 그런 인재를 찾으면 태상장로로 대우하라.

이것이 바로 태산파의 이십이 대 장문인 감곡천이 운명을 달리하는 자리에서 태산파의 제자들에게 남긴 유지라는 것이 담대성의 설명이었다.

태산파는 그때부터 더욱더 급격하게 몰락의 길로 접어들었다고 했다.

태산파의 제자들 중에는 조사전에 들 수 있는 인재가 없었을 뿐만 아니라, 모두가 실패를 거듭하는 와중에 강호 무림으로 나설 수 없다는 선대의 유지에 불만을 가진 제자들이 하나둘씩 파문을 자처하며 떠나갔기 때문이다.

"그럼 조사전에 들 수 있는 자격이라는 것이……?"

"태산파는 태산검문과 태산도문이라는 두 개의 계파가 있습니다. 조사전을 지키는 호원관인 저와 그 두 계파의 수좌가 펼치는 합벽술인 태산대력연공(太山大力連功)를 깨트려야만 태상장로의 지위를 인정받으며 조사전에 들 수 있는 자격이 주어집니다."

설무백은 모르고 있었지만 그간 한상지가 마결 등 검산의 제자들 모두가 알게 모르게 무림의 고수들을 초대해서 비무를 한 이유가 거기에 있었다.

그들은 선대의 유지에 따라 조사전에 들 수 있는 역량을 가진 인재를 찾고 있었던 것이다.

한상지가 무공광이 되고 팔불치라는 비웃음을 감내하면서까지 화산파의 파문 제자가 되었던 것도 알고 보니 그런 선대의 유지와 관련이 있었다.

한상지는 어떻게든 자신이 조사의 진전을 얻고 싶어서 신분을 감추고 화산 문하가 되었으며, 끝내 화산제일검인 무허의 제자까지 되었으나, 태산파의 제자로서 감히 화산파의 비전절기로 태산파의 비문(秘門)을 깨트리는 짓은 차마 할 수가 없었다.

무인의 도리를 떠나서 태산파의 제자라는 자존심이 그것을 허락하지 않았다.

그래서 그는 화산파의 파문 제자를 자청했고, 그 상태로 태산파의 비문에 도전했다.

결과는 실패였다.

무공광답게 수많은 무공을 섭렵한 그의 실력은 검산의 제자들 중에서도 발군이었으나, 결국 전대 태산검문의 수좌를 비롯한 담대성과 마결이 펼치는 합벽술인 태산대력연공을 넘어서지는 못했다.

그런데 전대 태산검문의 수좌가 크게 다치고 끝내 운명을 달리하는 바람에 그가 그 뒤를 이어 태산검문의 수좌가 되었던 것이다.

"하면, 곽진이 다른 제자들에게 따돌림을 당한 이유는 무엇입니까?"

"곽진은 우리 태산파가 추구하는 무도를 벗어나는 이단의 무공을 수련하고 있었습니다."

곽진은 자신의 목숨을 도외시하는 위험을 무릅쓰고 적의 사각으로 파고드는 살인 기예를 익히고 있었다.

태산파의 제자들은 그것을 사도(邪道)로 규정하며 인정하지 않았고, 곽진은 그런 그들의 배격에 분노하다 못해 사생결단의 검산비무를 요구했던 것이다.

"본인이 그의 청을 수락한 것은 오롯이 그에게 교훈을 내리고자함이지 그 이상의 다른 사심은 전혀 없었습니다."

태산파의 모든 비사에 이어 곽진의 내밀한 사정까지 세세하게 전해 들은 설무백은 절로 고개를 끄덕일 수밖에 없었다.

그는 진심으로 수긍할 수 있었다.

그는 전생의 기억과 그간의 경험을 통해서 역사와 전통을 중시하는 자들이 얼마만큼 고집스러운지 충분히 알고 있었기 때문이다.

또한 곽진에 대한, 바로 흑영에 대한 사정도 익히 납득이 갔다.

전생의 기억을 가진 그는 다른 어떤 누구보다도 흑영에 대해서 잘 아는 사람이다.

그가 아는 흑영의 무공은 더도 덜도 아니게 딱 담대성의 설명과 일치하기 때문이다.

다만 담대성은 알지 못했다.

담대성이, 아니, 태산파의 제자들 모두가 사도로 규정한 곽진, 흑영이 추구하는 검법인 월인은 머지않아 강호 무림을 주름잡는 일격필살의 발검술로 거듭나게 된다.

그리고 이후 해남검파의 장문인이 되는 해남적룡가(海南赤龍家)의 장남 사상쾌도(四象快刀) 적사연(赤四衍), 점창파의 일대 제자인 급풍쾌검(急風快劍) 여진소(呂鎭所), 산왕(山王)이라 불리는 녹림십팔채의 총표파자 산신군(山神君)의 오른팔인 추혼십절(追魂十節) 구중선(具中線) 등과 더불어 발도술의 사대 고수로 평가받게 된다.

잠시 침묵하던 설무백은 내심 그 모든 상념을 접어놓고 물었다.

"제가 수락하지 않으면 어떻게 되는 겁니까?"

"그, 그건……!"

담대성이 눈을 크게 뜨며 말을 잇지 못했다.

그만이 아니라 한상지와 마결 등도 같았다.

그런 쪽으로는 꿈에도 생각해 보지 않은 모습들이었다.

하긴, 천하의 그 누가 과거 구대검파의 한자리를 차지할 정도의 검도명문을 구가하던 태산파의 비전을 얻을 수 있는 기회를 저버릴 수 있을 것인가.

설무백은 선뜻 대답을 못하는 담대성을 무심한 듯 냉정하게 직시하며 다시 물었다.

"하면, 제가 수락하고 태산파의 조사전에 들어서 태산파 조사의 유전을 얻으면 어떻게 되는 겁니까?"

담대성이 서둘러 대답했다.

"태산파는 이십이 대 감곡천 장문인 이후 이대를 더 이어지다가 끊어졌습니다. 태산파가 그 시기에 무림을 등지고 검산이라는 탈을 썼기 때문인데……."

그는 무엇이 그리 두려운지 세세한 설명을 회피하며 말을 이었다.

"태상장로께서 이후 조사전에 들어 조사의 유전을 얻으신다면 태산파의 이십오 대 장문인의 지위를 계승하게 되십니다."

"조사의 유전을 얻지 못하면요?"

"장문인의 지위를 계승하지 못할 뿐, 달라지는 것은 없습니다. 그저 여태까지처럼 태산파의 제자들이 선대의 유지에 묶여 강호 출행을 못할 뿐이지요."

결국 설무백은 이미 태산파의 제일 높은 지위를 가졌으며, 조사의 유전과 관계된 것은 제자들의 강호 출행 하나뿐이라는 소리였다.

설무백은 쓰게 입맛을 다셨다.

하필이면 하나뿐인 그것이 그에게도 문제였던 것이다.

그는 마음을 정하며 말했다.

"조사전에 들지요. 대신 미리 당부할 것이 있습니다. 아니, 당부가 아니라 조건입니다."

담대성이 불안한 기색으로 물었다.

"어떤 조건이신지……?"

설무백은 이건 절대 변하지 않을 거라는 단호한 눈빛을 드러내며 말했다.

"우선 노 선배가 전해 준 태산파의 그 모든 비사는 제가 원한 것도, 선택한 것도 아니므로 저는 태산파에 묶여 있을 생각이 전혀 없습니다."

담대성이 화들짝 놀랐다.

"서, 설마 파문을 원하시는 겁니까?"

설무백은 냉정하게 말했다.

"저의 행동에 제약이 된다면 그렇게라도 해야겠지요."

"아……!"

담대성이 그제야 그의 의도를 정확히 읽으며 다행이라는 표정으로 말했다.

"태산파에 적을 두시기만 한다면 태상장로의 강호 출행에는 전혀 문제될 것이 없습니다. 장문인의 자리가 공석인 작금의 태산파에서 태상장로의 거동을 막을 태산파의 제자는 존재하지 않으니까요."

설무백은 그렇다면 태산파에 적을 두는 것 정도는 별반 문제가 될 것이 없다고 생각하며 다음 조건을 말했다.

"다음으로 제가 비록 조사의 유전을 얻지 못한다고 해도 한 사람만은 기필코 데려가야겠습니다."

담대성이 물었다.

"그게 누굽니까?"

설무백은 그 자신이 외팔이로 만든 곽진, 바로 흑영을 가리키며 말했다.

"곽진입니다."

담대성이 은근슬쩍 한상지와 마결에게 시선을 주었다.

한상지와 마결이 그게 무슨 대수냐는 듯 대번에 고개를 끄덕거렸다.

담대성이 그제야 대답했다.

"알겠습니다. 태상장로의 직권으로 파문도 가능한 마당에 수행원 하나 대동하는 것쯤이야 문제 될 것이 없겠지요. 흠, 한데……."

그가 알다가도 모르겠다는 눈치로 곽진을 일별하며 넌지시 물었다.

"이건 그저 개인적인 소견입니다만, 제 눈에는 태상장로께서 처음부터 곽진을 특별하게 생각하는 듯합니다만, 달리 무슨 이유라도 있으신지요?"

설무백은 특유의 미온한 미소를 드러내며 자신만이 알고 있는 곽진의 미래를 에둘러 표현했다.

"제 눈이 틀리지 않다면 멀지 않은 장래의 그는 태산 제일검이 될 겁니다."

담대성은 황당한 표정을 지었다.

그뿐만이 아니라 한상지와 마결 등 장내의 그 누구도 그의 말을 믿지 않는 기색이었다.

그러나 담대성은 더 이상 그의 말꼬리를 잡지 않았다.

지금의 그에게 다른 것은 아무래도 상관없었기 때문이다.

오직 설무백이 조사전에 든다는 사실만이 중요할 뿐이었다.

"어디 한번 기대해 보도록 하지요."

담대성은 노련한 강호답게 기꺼운 표정으로 설무백의 말을 받아넘기며 자리를 털고 일어났다.

"가시지요. 조사전으로 안내해 드리겠습니다."

태산문의 조사전은 태산파의 제자들이 검산의 제자들인 산인이라는 이름으로 머물던 지역에서 대략 십여 리밖에 떨어지지 않은 계곡인 심중곡(深重谷)의 심처에 자리 잡고 있었다.

　수직으로 깎아지른 벼랑 아래 뜬금없이 달라붙은 거대한 철문이 바로 태산파 조사전의 입구였다.

　설무백은 공야무륵과 대력귀, 사문지현, 그리고 태산파의 모든 제자들이 기꺼이 나선 배웅 아래 담대성이 열어 주는 그 철문을 통해서 조사전으로 들어갔다.

　"여기서 기다리도록!"

　혈영과 사도가 처음으로 태산파 제자들 앞에 모습을 드러내며 묵묵히 철문 앞을 지켰다.

확장풍잔擴張風棧 (3)

설무백은 전생에서도 일대문파의 조사전을 본 적이 한 번도 없었으나, 그다지 별다른 감흥은 없었다.

거창하게 조사전이라고 하지만, 어차피 후대가 선조의 위패를 모신 무덤에 불과하지 않은가.

역사와 전통을 자랑하며 명문을 구가하던 일대문파의 조사전이니만큼 일말의 호기심은 들었지만 그게 다였다.

그래서 별다른 걱정도 하지 않았다.

후대의 인연을 찾기 위해 각종 살인 기관으로 봉쇄해서 목숨을 걸어야 하는 낭왕의 무덤과 같은 유형은 아닐 거라는 것이 그의 추측이었다.

또 그 어떤 관문이 설치되어 있어도 얼마든지 통과할 자신이 있었다.

그리고 역시 태산파의 조사전은 그의 예상과 조금도 다르지 않았다.

철문 안으로 들어선 공간은 초입에 차려진 제단을 제외하면 거대한 복도처럼 생긴 길쭉한 방이었다.

대리석으로 도배된 그 복도에는 천장과 바닥을 비롯한 사방에 각종 이매망량(魑魅魍魎)과 격전을 벌이는 선인들의 모습이 정교하게 조각되어 있었고, 그 아래에는 일정한 간격을 두고 별호와 이름이 적힌 선대의 위패가 줄지어 모셔져 있었는데, 어디를 봐도 태산파의 역사와 세월을 느낄 수는 없어서 역시나 조사전 자체가 그리 오래되지 않은 후대의 작품임이 여실히 드러났다.

그러나 설무백은 이내 그게 다가 아님을 발견했다.

대략 십여 장 정도 이어진 복도의 끝에는 비록 크기는 작지만 앞서 그가 통과한 철문과 같은 형태의 철문으로 막혀 있었고, 그 철문을 열고 안으로 들어가자 그가 전혀 예상하지 못한 새로운 모습이 펼쳐졌다.

지난날 그가 낭왕의 무덤에서 보았던 공동(空洞)과는 또 다른 유형의 지하 광장이었다.

낭왕의 주검이 자리했던 공동은 고드름처럼 늘어진 종유석이 천장에 줄줄이 매달려 있고, 습기로 축축한 바닥에도 불쑥불쑥 자란 석순들이 즐비하게 깔린 데 반해, 이곳은 사람의 손길이 닿지 않은 것이 분명해 보임에도 불구하고 마치 누군가 정성들여 꾸민 석실처럼 천장은 매끄러운 반구 형태였고 사방의 벽은 둥그런 타원형이었다.

절로 감탄이 터져 나올 만큼 참으로 신묘한 자연의 조화가 아닐 수 없었는데, 거기 한쪽 구석에 제단이 차려져 있었다.

태산문개화(太山門開花), 위진천강호(威振天江湖).

제단에 모셔진 위패에 별호도, 이름도 없이 적힌 한줄기 문구였다.

태산파의 개파를 선언하고, 태산파의 신위가 천하에 널리 퍼지기를 기원하는 듯한 내용인데, 유독 제단의 뒤쪽 벽의 일부만이 색조가 다른 것을 봐서 그 뒤쪽이 조사의 주검을 안치한 장소로 보였다.

제단으로 다가선 설무백은 정중히 포권의 예를 취하며 사뭇 진중하게 말했다.

"죄송하지만, 유지를 받들지는 못할 것 같습니다. 대신 약속드립니다. 가능한 한 전심전력을 다해 조사의 유지를 받들 수 있는 인재를 찾아서 보겠습니다. 태산파의 미래를 감당하기에는 제가 가진 전생의 업보가 너무나도 다대하여 피치 못하게 내린 결정이니, 너그럽게 용서해 주십시오."

진심이었다.

설무백은 조사전으로 들어서기 전부터 이미 그와 같은 마음의 결정을 내리고 있었다.

그도 어쩔 수 없는 무인인지라 과거 구대검파의 한 자리를 차지했던 태산파의 비전절기에 욕심이 나지 않는다면 거짓말일 것이다.

당연하게도 욕심이 났다.

그러나 그는 이건 자신의 역량으로 책임질 수 있는 일이 아니라는 생각이 들었다.

그는 지금 충분히 강해졌고, 그 자신도 그렇게 생각하고 있었으나, 이것은 능력의 고하와 상관없는 일이었다.

지금의 그에게는 책임져야 할 일들이 너무나도 많이 산재해 있었다.

생뚱맞게 마주친 태산파의 미래는 지금의 그에게 그저 짐일 뿐, 도움이 되지 않는 것이다.

그랬는데…….

"뭐지?"

예의상 혹은 도의상 곧바로 나갈 수는 없다고 생각한 설무백은 한 이틀 정도 운기조식으로 내공 수련이나 해야겠다고 마음먹으며 제단을 등지고 돌아서다가 우연찮게 그것을 보게 되었다.

그것은 벽을 수놓은 그림이었다.

아니, 그림이기보다는 낙서 같은 자국이었다.

아무런 형식도 없이 불규칙하게 그저 점과 선으로만 이어진 흔적을 그림이라고 할 수는 없지 않은가.

그런데 묘했다.

몰랐는데, 제단 옆에서부터 시작된 그 낙서는 타원형인 공동의 벽 전체를 아우르며 빼곡하게 수놓아져 있었다.

우연히 긁혀서 형성된 자국이 아니라 누군가의 의도로 만들어진 자국인 것 같았다.

설무백은 무언가에 홀린 것처럼 벽을 따라 공동을 돌며 그 흔적을 모두 다 훑어보기 시작했다.

한 이틀 운기조식으로 내공 수련이나 하고 밖으로 나가겠다는 생각은 이미 그의 뇌리에서 사라지고 없었다.

호기심은 그 어떤 사념보다도 인간의 강력한 본능인 것이다.

얼마의 시간이 그렇게 지났을까?

설무백은 워낙 섬세하고 방대한 흔적을 하나하나 유심히 살피느라 구토가 나올 정도의 어지러움을 느끼면서도 절로 입가에 특유의 미온한 미소를 띠었다.

마침내 낙서처럼 제멋대로 얽히고설킨 것 같은 그 모든 점과 선의 흔적을 아우르는 하나의 규칙을 발견했기 때문이다.

"검법이다!"

정확히는 검법을 시전한 흔적이었다.

누군가 벽을 향해 검법을 전개해서 흔적을, 바로 초식의 흐름을 남겨 놓은 것이다.

아마도 그 누군가는 바로 태산파의 조사인 태산노군일 텐데, 그는 너무도 쉽게 태산노군의 유전을 발견한 셈이었다.

"점과 선의 깊이가 일정한 것을 보면 애초에 진기의 변화는 두지 않은 것 같으니 차치하고, 대체 어느 방향, 어느 각도로 검극을 운영해야 저런 투로의 초식이 가능하다는 거지?"

기쁨의 환희도 잠시, 설무백은 다시금 막다른 골목으로 몰려서 골머리를 싸매며 깊은 한숨을 내쉬었다.

같은 점과 같은 선도 찌르는 각도와 긋는 동작이 다를 수 있었다.

그 변화를 찾아내려면 각각의 점과 선을 두고 모든 종류의 각도와 동작을 시연해 봐야 한다는 소리니, 참으로 지난한 일이 아닐 수 없었다.

그러나 설무백은 그대로 포기하지 않았다.

오기가 나서라도 이대로 포기할 수 없었다.

그는 이내 투지를 불사르며 공동의 벽에 수놓아진 모든 자국을 처음부터 다시 면밀하게 살폈다.

점이라고 다 같은 점이 아니고 선이라고 다 같은 선이 아니다.

각각의 점과 선을 세밀히 살피면 어느 정도 점을 찍은 각도와 선을 그은 동작을 유추해 낼 수 있는 것이다.

얼마의 시간이 흘렀는지는 모르겠으나, 설무백은 그렇게 광장 같은 공동의 벽에 수놓아진 모든 점과 선을 살폈고, 이내 새로운 규칙을 하나를 발견하고는 반색하며 뒷걸음질로 벽과 조금씩 멀어지다가 어느 한순간 멈추었다.

공동의 중앙이었다.

"역시!"

공동의 벽에 수놓아진 모든 흔적들은 지근거리에서 만들어진 것이 아니었다.

지금 그가 선 자리, 바로 공동의 중앙이었다.

과거 태산노군은 공동의 중앙에서 검법을 펼쳐서 사방의 모든 벽에 점과 선으로 이어진 초식의 흔적을 남겼던 것이다.

설무백은 즉시 내력을 운기해서 팔목에 차고 있던 환검 백아를 검으로 변환시켰다.

그리고 지그시 눈을 감은 채 그간 일일이 살펴서 기억해 둔 점과 선의 모든 방향을 떠올렸다.

생각과 동시에 몸이 움직였다.

백아의 검극이 일정한 속도로 찌르고, 베고, 휘둘러지며 하나의 초식이 완성되고, 다시 또 새로운 초식으로 변환되어 나갔다.

내공을 운기하지 않은 상태라 제대로 된 위력은 가늠할 수 없었으나, 더 없이 신랄한 기세가 검극을 타고 흐르며 장내를 압도했다.

설무백은 이미 무아지경에 빠져 있었다.

그런데 어느 한순간, 정확히는 그의 손에서 하나씩 완성된 초식이 일곱 번째를 넘어서 여덟 번째로 넘어간 시점이었다.

냇물처럼 유연하게 이어지던 그의 동작이 무언가 벽에 부딪친 것처럼 갑자기 무너졌다.

중심을 잃고 한차례 비틀거린 그는 절로 동작을 멈추고 눈을 뜨며 고개를 갸웃거렸다.

"마지막 초식이 미완이다. 미처 완성하지 못한 건가?"

그러나 아무리 생각해도 그럴 리가 없었다.

모든 초식이 완벽했고, 마지막인 여덟 번째 초식도 그처럼 완벽한 도입부를 가지며 절정으로 치닫고 있었다.

마지막 순간에 갑자기 중심을 잃을 정도로 투로가 뒤엉킬 이유가 전혀 없는 초식의 흐름이었던 것이다.

"내가 잘못 확인한 건가?"

설무백은 미심쩍은 표정으로 자리를 이동해서 마지막 초식의 흔적이 그려진 제단의 왼쪽 벽을 새삼 안력을 집중해서 유심히 살펴보았다.

하지만 아무리 봐도 다른 것이 없었다.

그는 제대로 파악했고 정확히 펼쳤다.

"후⋯⋯!"

설무백은 절로 한숨을 내쉬었다.

태산노군이 남긴 흔적에 따라 완벽하게 펼친 초식이 중심을 무너트렸다는 것은 초식 자체가 완벽하지 않다는 것을 의미했다.

초식의 흐름상 아무리 봐도 완성하지 못한 것은 아닌 것 같으니, 결국 태상노군이 마지막 초식을 구현하다가 무언가 실수를 했다고밖에 생각할 수 없었다.

"아쉽지만……!"

설무백은 미련이 남아서 새삼 마지막 초식을 살피다가 이내 포기하며 돌아섰다.

그런데 이건 무슨 운명의 장난이란 말인가?

처음 태산노군의 유전을 발견했을 때처럼 돌아서는 그의 시선을 자극하는 것이 있었다.

마지막 초식의 끝자락과 조금 떨어진 우측, 바로 제단의 상단이었다.

거기 마치 쇠말뚝을 박았다가 뽑아낸 것과 같은 커다란 구멍이 하나 있었다.

"점!"

과연 그건 점으로 봐야 했다.

마지막 흔적과 동떨어진 위치였고, 다른 흔적과 달리 워낙 커다란 구멍인데다가, 제단의 위쪽에 달라붙어 있어서 그저 무언가를 걸었던 혹은 걸려고 한 장식의 일부라고 치부했었으나, 그게 아니었다.

그건 엄연히 점이었다.

"그런데 여기서 이런 투로로 이어질 수가 있는 건가?"

설무백은 수평에서 점으로 이어지는 변화가 너무도 급격해서 절로 고개를 갸웃거렸으나, 의문을 뒤로 미룬 채 날듯이 빠르게 공동의 중앙으로 돌아와서 내력을 운기했다.

지금 그가 서 있는 공동의 중앙에서 제단이 마련된 벽까지의 거리는 얼추 예닐곱 장이었다.

이 정도 거리를 격하고 그 정도의 구멍을, 바로 점찍으려면 내공을 사용하지 않고는 불가능했다.

그 순간!

취리릿-!

내공을 운기한 설무백이 초식을 전개하기 시작하자 서릿발 같은 기세가 일어나며 그를 중심으로 한 주변의 공기가 줄기줄기 예리하게 갈라져 나갔다.

엄청난 검기의 발현이었다.

그러나 더욱 놀라운 상황은 그 다음 순간에 벌어졌다.

설무백이 앞서 중심을 잃고 비틀거릴 수밖에 없었던 초식의 절정으로 접어든 순간이었다.

초식의 흐름에 따라 검극으로 수평을 그리며 전력을 다해서 점을 찍으려 하자, 백아가 마치 살아 있는 생명체처럼 꿈틀하더니 그의 손을 빠져나갔다.

"앗!"

설무백은 자신의 실수라고 생각하며 당황했으나, 그건 실수가 아니었다.

그의 손을 빠져나간 백아가 눈부신 속도로 호선을 그리며 전방을 향해 날아가서 제단의 상단에 찍힌 커대한 점을 파고

들어가 손잡이 끝을 남기고 꽂혔다.

꽈광-!

동시에 벼락같은 폭음이 터졌다.

땅이 흔들리고 벽이 진동하며 천장에서부터 우수수 흙비가 쏟아져 내렸다.

공동 광장 전체가 지진을 만난 것처럼 크게 흔들리고 있었다.

그러나 설무백은 그에 아랑곳하지 않고 눈을 크게 뜨며 부르짖었다.

"어검술(御劍術)!"

확실하진 않지만 그런 것 같았다.

분명 그가 의도적으로 검을 투척한 것이 아니라 검 스스로가 그의 손을 빠져나갔다.

정말 놀라운 일이었다.

이건 그가 전생에서도 전혀 접해 보지 못한 새로운 검도였기 때문이다.

그도 그럴 것이, 무릇 검의 경지는 검에 주입한 내공이 무형의 기세를 발하는 검풍(劍風)으로 발현되어서 상대에게 상처를 입힐 수 있는 검기상인(劍氣傷人) 혹은 검경(劍勁)이라 부르는 단계에 접어들며 크게 두 갈래 길로 나뉘게 된다.

하나는 검기의 궁극을 추구하는 신검(神劍)이고, 다른 하나는 초식의 궁극을 추구하는 심검(心劍)의 경지가 바로 그것이었다.

부연하면 검극을 따라 압축되는 검기가 서서히 형상화되기 시작하는 검기성강(劍氣成罡)의 단계에 들어서서 응축된 검기로 방패처럼 막을 이루는 검막(劍膜)과 마음대로 검기를 뿌려 낼 수 있는 검사(劍絲)의 단계를 거쳐, 마침내 범인의 눈에도 드러나는 강기(罡氣)로 형성되는 검강(劍罡)을 발현하고, 끝내 그 검강을 쏘아 낼 수 있는 검환(劍環)의 길로 올라서는 것이 바로 신검의 경지다.

그리고 검기와 무관하게 초식의 변화에 치중해서 검을 외물이 아닌 몸의 일부로 받아들이는 검신일체(劍身一體)의 단계에 오르고, 다시 초식의 변화마저 검과 몸이 함께하는 신검합일(身劍合一)의 단계를 거쳐 마침내 검을 또 하나의 자신으로 변화시켜서 굳이 육체의 구속 없이 검을 마음대로 부리를 수 있게 되는 어검(御劍)의 단계에, 이른바 이기어검(以氣御劍) 또는 이기어검(以氣馭劍)이라는 검의 궁극에 오르는 것이 바로 심검의 경지다.

그런데 설무백이 전생 흑사신 시절에 수련한 무공은 육체를 강화하는 강기류의 외문기공이었고, 도검을 사용하는 무공은 전자에 속하는 신검의 길이었다.

그뿐 아니라 작금에 와서 사사한 무공도 거의 다 신검의 길이었다.

하물며 이제 고작 오 성의 지경에 불과하긴 하나, 불사마화강과 더불어 낭왕의 양대신공의 하나인 천우마화검(天雨魔火劍)도 신검의 경지를 추구하는 검법이었다.

그나마 조부인 양세기를 사사한 십자경혼창이 초식의 궁극을 추구하는 심 계열의 무공이었으나, 검과 창이라는 차이는 절대 가볍지 않아서 대공을 성취한 지금의 그조차 아직 어검과 비교되는 수법인 어창(御槍)의 경지에는 도달하지 못하고 있었다.

이는 대공을 성취한 그로서도 어쩔 수 없는 일이었다.

신검이나 심검의 궁극은 계단을 밟고 올라가듯 수련을 통해서 점진적으로 성취하는 것도 아니고, 내공의 고하로 결정되는 것도 아니었기 때문이다.

오직 돈오의 순간을 맞이하는 선승처럼 자신의 머리로도 이해할 수 없는 깨달음을 통한 한순간의 비약으로만 가능한 것이 바로 신검이나 심경의 궁극인 것이다.

그래서였다.

신검과 심검의 차이는 서로 고하를 논할 수 없는 경지이긴 하나, 심검의 궁극을 처음 접해 본 설무백으로서는 놀라고 당황하지 않을 수 없었다.

"다시 한번……!"

그러나 그럴 여유가 없었다.

공동 광장의 진동이 보다 더 격해지는 가운데, 환검 백아가 박혀 든 점을 기점으로 벽이 사방팔방 쩍쩍 갈라져 나갔고,

천장에서는 부서진 돌과 바위가 떨어지기 시작했다.

설무백은 전신의 내력을 운기하며 점에 박혀 든 백아를 향해 손을 뻗었다.

백아가 쾌속하게 뽑혀져서 그의 손으로 돌아왔다.

거대한 바위들이 그 순간에 우수수 쏟아져 내려서 그를 덮쳤으나, 그는 이미 그 자리를 떠나 공동을 벗어나고 있었다.

그리고 동시에 공동 광장 바닥이 크게 입을 벌리더니 갈라져 있던 천장이 와르르 무너져 내렸다.

"서, 성공하신 건가?"

저 멀리 태산의 주봉인 옥황봉(玉皇峰)의 능선이 아슬아슬하게 눈에 들어오는 심중곡의 심처인 태산파 조사전의 앞이었다.

산하가 느닷없이 부르르 떠는 가운데, 조사전의 입구인 철문 위로 깎아지른 벼랑이 사납게 흔들리자, 담대성이 환희에 찬 모습으로 부르짖었다.

비록 입을 다물고 있으나, 그와 더불어 자리를 박차고 일어난 한상지와 마결 등 태산파의 제자들 모두가 그와 다름없이 격동에 찬 모습들이었다.

반면에 조사전의 철문 앞을 지키고 앉아 있던 사문지현과 공야무륵 등은 당황해서 어쩔 줄 몰라 했다.

그럴 수밖에 없었다.

설무백이 조사전으로 들어간 지 벌써 한 달 하고도 열흘이 더 지나갔다.

가뜩이나 노심초사하고 있는 그들의 입장에서는 지진이 일어난 것처럼 느닷없이 흔들리는 산하의 변화가 두려울 수밖에 없었다.

사문지현이 그들의 감정을 대표하고 나섰다.

"대체 이게 어찌된 일이죠?"

격동에 차 있던 한상지가 대답 대신 재빨리 그녀의 소매를 낚아채며 소리쳤다.

"물러나라!"

담대성 등 조사전의 철문 앞에 늘어서 있던 태산파의 제자들이 분분히 신형을 날렸다.

당황하여 뒤늦게 사태를 감지한 공야무륵 등도 서둘러 신형을 날려서 조사전의 철문과 멀리 떨어졌다.

그리고 그와 동시에 하늘 높이 자욱하게 피어나는 흙먼지를 뚫고 떨어진 바위들이 그들이 서 있던 지면을 강타하기 시작했다.

대지의 진동으로 인해 벼랑의 일부가 깨지고 부서져서 바위가 쏟아지는 것이었다.

거리를 벌려서 안전을 확보한 한상지가 새삼 격동에 찬 눈빛으로 바위가 쏟아져 내리는 벼랑을 응시하며 사문지현의 질문에 대답했다.

"무단애(武斷崖)가 울면 검산의 제자들이 이름을 되찾게 되리라! 이는 오랜 선대부터 전해 내려온 검산의 전설이자, 우리들의 희망이었다!"

사문지현은 이제야 깨달으며 반색했다.

"하면……?"

한상지가 격동을 주체하지 못하고 떨리는 목소리로 말했다.

"검산의 전설이 실현되었다! 너의 주군이, 아니, 태상장로께서 조사의 유전을 얻으신 것이 분명하다!"

감정이 얼마나 격해졌는지, 한상지의 눈가에는 그렁그렁 눈물까지 맺혀 있었다.

이제 바위들은 더 이상 떨어지지 않았으나, 이미 그 여파로 인해 새벽안개보다도 더 자욱한 흙먼지가 주위를 가득 뒤덮었다.

그때 흙먼지가 뒤덮인 벼랑, 바로 무단애 아래서 묵직한 쇳소리가 울렸다.

철컹-!

조사전의 철문이 열리는 소리였다.

장내가 찬물을 끼얹은 것처럼 조용해졌다.

장내의 모두가 주체하기 어려운 감정을 억누르며 숨을 죽인 채 희뿌연 흙먼지 속을 뚫어지게 응시하고 있었다.

순간.

저벅저벅-!

발소리가 들려왔고, 이내 흙먼지 속에서 흐릿한 사람의 인영이 모두의 시선을 사로잡았다.

비록 귀신처럼 산발한 머리에 의복이 넝마처럼 너덜너덜해졌으나, 그는 바로 설무백이었다.

담대성이 그대로 바닥에 엎드리며 오체투지했다.

"경하드립니다, 장문인!"

한상지와 마결을 비롯한 태산의 모든 제자들이 그 뒤를 따라서 복창했다.

"경하드립니다, 장문인!"

설무백은 어색한 얼굴로 장내의 모두를 둘러보았다.

그리고 절로 나오는 한숨을 애써 삼키며 혼잣말로 중얼거렸다.

"어쩌다보니 또 이렇게 되는군."

사문지현을 필두로 공야무륵 등이 뒤늦게 감정을 추스른 듯 그에게 몰려들었다.

내내 거리를 두고 있던 대력귀도 분위기에 휩쓸린 듯 그들의 뒤를 따랐다.

설무백은 그들과 사흘을 더 검산에 머물렀고, 나흘이 되는 날 아침에 길을 나섰다.

검산은 그날로 태산파의 봉문 해제를 강호 무림에 공표했으며, 암중으로 지난 세월 동안 뿔뿔이 흩어졌던 태산파의 제자들을 수소문하기 시작했다.

그리고 다시 나흘 후, 사문지현을 제외한 설무백 일행은 하남성을 가로질러 남하, 호북성으로 들어서서 장강(長江)을 눈앞에 두고 있었다.

"장강을 건너는 것은…….."

성도인 무한을 제외하면 호북성 제일의 항구도시인 의창부(宜昌府)를 외곽으로 돌아서 장강의 외진 부둣가를 목전에 두었을 때였다.

내내 꿔다 놓은 보릿자루처럼 좀처럼 어울리지 못하던 대력귀가 마침내 입을 열고 설무백에게 말을 건넸다.

그러나 말을 끝맺지도 못했다.

설무백은 남장을 한 그녀를 물끄러미 바라보며 말했다.

"원래 그런 성격이 아니질 않나?"

대력귀가 대답 대신 하던 말을 마저 했다.

"……좋지 않습니다. 시비에 휘말리게 될 겁니다."

설무백은 가만히 고개를 끄덕이는 것으로 수긍했다.

그녀는 일행 중 작금의 강호에 대해서 가장 잘 알고 있는 사람이었다.

그러나 그의 대답은 그녀의 우려를 무시하는 것이었다.

"시비야 피하고 싶지만, 그래도 어쩔 수 없지. 시비가 무섭다고 하려던 일을 포기할 수는 없으니까."

대력귀가 불쑥 말꼬리를 잡았다.

"무슨 일을 하시려는 건데요?"

그녀는 자신의 질문이 너무 포괄적이라고 생각했는지 이내 말을 덧붙였다.

"……지극히 개인적인 소견입니다만, 주군의 모든 행동이 저로서는 이해 불가입니다."

"이를 테면?"

"주군께서는 엄청난 배경과 힘을 가지고 있으면서도 정작 중원의 모든 무림인이 나선 남북대전은 강 건너에서 일어난 불길처럼 외면하고 있습니다. 그렇다고 무림의 일에 관여하고 싶지 않은 것이냐 하면 그것도 아닙니다. 난주의 상황이나 태산파의 경우야 피치 못할 상황이었다고 쳐도, 이미 북개방을 곁에 두었고, 하오문을 예하로 거두었지요. 대체 주군께서 바라는 것이 무엇입니까?"

설무백은 대답 대신 반문했다.

"내가 엄청난 배경과 힘을 가졌다고 생각하나?"

대력귀가 안색이 변해서 대답했다.

"아니라고 부정하신다면 그건 저를 너무 무시하는 처사입니다. 자랑은 아니나, 주군 일행을 만나기 전까지 저는 대력귀라는 이름을 듣고도 뻣뻣이 고개를 쳐들고 나서는 자를 한 번도 본 적이 없었습니다."

설무백은 심드렁하게 고개를 끄덕이며 물었다.

"네 눈에 내가 어느 정도라고 생각해?"

대력귀가 주저하지 않고 대답했다.

"이미 천하 십대 고수의 반열이라고 생각합니다. 구대 문파를 위시한 강북사패와 강남칠패(江南七覇)의 수장들이라 할지라도 결코 주군을 쉽게 대적할 수 없을 것이라 봅니다."

설무백은 대수롭지 않게 고개를 끄덕이며 그녀의 말을 인정했다.

"얼추 비슷하게 보았군, 개인적으로는 설령 그들이라 할지라도 나를 상대하려면 최소한 목숨을 걸어야 할 거라고 생각하지만 말이야."

그리고 재차 물었다.

"그런데 작금의 강호에 이런 나를 고작 두세 명만 나서도 어렵지 않게 제압할 수 있는 자들이 있다고 한다면, 그것도 수백 명이나 존재한다고 한다면 믿겠냐?"

대력귀가 어이없다는 표정으로 그를 바라보았다.

"정말 가당치 않는 얘기를 하시네요. 그 말은 강호 무림의 백대 고수가 수백 명이나 존재한다는 소린데, 어찌 가당하겠습니까."

설무백은 끌끌 혀를 차며 면박을 주었다.

"내가 그래서 너에게 우물 안 개구리라고 한 거다. 엄연히 있다. 그런 자들이!"

전생의 그가 몸담고 있던 쾌활림의 흑사자들을 두고 하는 말이 아니었다.

당시 강호 무림에서 암약하던 무리를 염두에 두고 하는 말이었다.

지금 다시 생각해 봐도 그들은 정말 그렇게 강했다.

대력귀가 여전히 믿을 수 없다는 표정으로 물었다.

"하면, 그런 자들이 왜 아직도 남북대전에 나서지 않고 있는 거죠?"

설무백은 대수롭지 않게 대꾸했다.

"그들에겐 남북대전의 결과 따위는 전혀 중요하지 않으니까."

대력귀가 대체 무슨 말을 하는 것인지 도무지 모르겠다는 듯 오만상을 찡그렸다.

"남북대전의 결과를 중요하지 않게 생각한다는 것이 대체 무슨 뜻입니까?"

설무백은 당연한 것 아니냐는 듯이 대꾸했다.

"무슨 뜻이긴, 그저 어부지리를 바라는 거지. 그만한 힘을 가지고 있으면서도 손 하나 대지 않고 강호 무림을 꿀꺽하기 위해서 말이야."

그는 말도 안 된다는 듯한 표정을 짓고 있는 대력귀를 바라보며 의미심장하게 덧붙여 말했다.

"머지않아 그런 자들이 나서는 때가 온다. 과거 마교가 창

궐하고 혈교가 피를 뿌리던 시대보다도 더 암담하고 암울한 환란의 시기가 도래한다. 아직 내게 아무도 묻지 않아서 굳이 공표하지 않았지만, 나는 그때를 준비하고 있다."

'다시 또 죽고 싶지 않아서'라는 말이 그의 목젖까지 차고 올라왔다.

그는 전생에 벌어졌던 자신의 죽음에 그들의 농간이 개입되었을 것이라 생각하고 있었다.

어쩌면 쾌활림의 림주인 암왕 사도진악이 그들과 한패일 수도 있다는 것이 그의 예상이었다.

대력귀가 입을 딱 벌렸다.

너무나도 어처구니가 없어서 할 말을 잊은 표정이었다.

이내 정신을 차린 그녀가 말했다.

"무서운 말씀을 하시네요. 아무려나, 그렇다고 치고, 대체 주군께서는 어떻게 그걸 안다는 거죠?"

설무백은 입가의 미온한 미소를 한결 짙게 드리우며 대꾸했다.

"아직 몰랐나? 내가 가끔 미래를 본다는 사실?"

대력귀가 머리를 한 대 맞아서 어지러운 표정으로 그를 외면하며 말했다.

"배 떠나겠네요. 그만하고 어서 가시죠."

너무나도 어처구니가 없어서 더 이상 대화를 하고 싶지 않다는 회피였으나, 실제로 배가 떠나기 직전이기도 했다.

부둣가에 정박해 있는 배의 선원이 연신 딸랑딸랑 종을 울려서 승선하는 사람들을 재촉하고 있었다.

설무백은 서둘러 배에 올라서 자리를 잡았다.

배는 강줄기를 타고 지역을 오가는 여객선이 아니라 단지 강을 건너려는 사람들이 이용하는 선박이었음에도 제법 큼직한 판옥선(板屋船)이었다.

그리고 장강을 오가기에는 어지러운 시국임에도 적지 않은 사람들이 승선하고 있었다.

거의 대부분이 인근에 거주하는 사람들이거나 발품을 파는 보따리 장사꾼으로 보였으나, 개중에는 제법 내력을 수련해서 태양혈이 도드라진 사내들도 눈에 띄었다.

다만 그런 사내들은 서로가 서로의 눈치만 볼 뿐, 다들 극도로 조심하며 거리를 두고 있었다.

소강상태로 접어든 작금의 강호를 대변하는 듯한 모습이었다.

설무백은 그런 사람들 틈에 끼어서 갑판의 가장 앞인 뱃전에 서서 승선하는 사람들과 화물을 하역하고 다시 배에 옮겨 싣는 모습을 구경했다.

전생에도 배를 타 본 경우는 흔치 않아서 그런 광경들 모두가 그에겐 매우 이채로웠다.

이윽고, 배가 닻을 올리고 부둣가와 멀어졌다.

설무백은 그제야 북개방의 막 장로가 전해 준 양피지를 꺼내서 행선지를 확인했다.

그때였다.

갑자기 갑판이 소란스러워졌다.

배가 갑자기 속도를 내느라 한순간 덜컹하며 흔들린 것도 그와 동시에 벌어진 일이었다.

설무백은 그러려니 하고 양피지의 내용만을 살피고 있었는데, 소란스럽게 웅성거리는 소음 속에 '수적(水賊)'이라는 단어가 섞여 있어서 재빨리 주변을 두리번거렸다.

앞서의 대화가 마음에 들지 않았는지 저만치 떨어져 있던 대력귀가 그 순간에 바람처럼 그의 곁으로 와서 말했다.

"수적입니다!"

대력귀의 손이 상류 쪽의 강줄기를 가리켰다.

저녁노을을 등지고 돛이 두 개 달린 중형 범선(帆船) 두 척과 작은 돛이 하나 달려 있지만 돛을 내리고 직접 노를 저어서 다가오는 소형 쾌속선 십여 척이 그녀의 손가락 끝에 걸려 있었다.

설무백은 절로 눈살을 찌푸렸다.

쾌속선에 탄 자들은 하나같이 푸른색 비단 잠수복을 입고, 같은 색의 모자를 눈 바로 위까지 뒤집어써서 얼굴만 내놓고 있었다.

소위 밥이나 먹고 살려고 뭉친 어중이떠중이들이 아니라 체계를 갖춘 수적들인 것이다.

"장강 애들……?"

"그런 것 같네요."

"여객선도 아니고 그저 강을 건너려는 사람들을 털려고 덤비다니, 장강도 이제 썩었군."

대력귀가 빠르게 다가오는 십여 척의 쾌속선을 예의 주시하며 말을 받았다.

"배가 고팠나보지요. 남북대전 이후 제대로 된 여객선은 별로 남아 있지 않으니까요."

"아무리 그래도 저건 너무 과한 거 아닌가?"

설무백의 말을 들은 대력귀가 새삼 유심히 보더니 고개를 끄덕였다.

"그러게요. 강을 건너는 배 하나 털자고 두 척의 범선과 수십 척의 쾌속선을 동원하다니, 아무리 굶주렸어도 이건 정말 과하긴 하네요. 게다가 저 범선의 돛에 걸린 깃발은 장강수로 십팔타의 총단을 상징하는 하백(河伯)의 깃발이에요."

그녀는 잠시 생각하는 듯하다가 이내 건너편 강변을 바라보며 제안했다.

"대략 삼십여 장 되겠네요. 얼추 등평도수(登萍渡水)로 가능한 거리인데, 갈까요?"

삼십 여장이나 되는 물길을 등평도수로 건넌다는 것은 어지간한 경공의 고수도 버거운 일이나, 적어도 지금 설무백 일행에게는 그다지 어려운 일이 아니었다.

설무백은 잠시 그럴까 하다가 이내 고개를 저었다.

"그게 더 저들의 이목을 끌 것 같은걸?"

무언가 뒤가 구려서 도주하는 것으로 보일 것이 뻔했다.

그것도 등평도수를 펼치며 도주하는 고수들이라면 없던 관심도 생길 것이다.

그리고 상대가 장강수로십팔타의 정예들인 이상 당장에 추적대를 편성할지도 모르는 일이었다.

"하긴, 그렇겠네요."

"얌전히 있으면 별일 있을라고."

대력귀가 가볍게 고개를 끄덕이는 것으로 그의 말에 동의하며 말했다.

"그럼 미리 말씀드리는데, 시비를 피하고 싶으시면 애들이니, 썩었느니 하는 말은 삼가고 조용히 계세요. 전례에 비추어 있는 데로 다 털어 주면 애꿎은 시비는 걸지 않는 애들이니까. 필요한 여비는 제가 따로 마련하도록 하지요."

설무백은 처음으로 본색을 드러내는 것 같은 그녀의 태도가 싫지 않았고, 내심 시비를 피하고 싶은 마음도 가지고 있어서 기꺼이 고개를 끄덕였다.

"그러지."

그러나 아무래도 그녀의 생각대로 안 될 모양이었다.

대번에 달라붙은 소형 쾌속선에서 이쪽 난간에 비조구(飛爪鉤)라 불리는 사슬 달린 갈고리를 걸고 갑판으로 올라온 수적들의 태도는 절로 그런 예상이 가능할 정도로 삭막했다.

"다들 난간에 붙어서 꼼짝 말고 서 있어라! 쓸데없이 조금이라도 움직이거나 함부로 주둥아리를 씨불이면 갈고리로 배때기를 긁어서 창자를 꺼낼 줄 알아라!"

갑판에 흩어져 있던 사람들이 불안에 떨며 수적들이 시키는 대로 난간으로 밀착했다.

설무백 등도 그들 틈에 끼어서 행동했다.

그사이 난간에 걸친 비조구의 사슬을 타고 계속해서 올라온 수적들이 뱃전을 장악하며 궁노(弓弩)를 겨누거나 혹은 갈고리[鉤], 도끼[斧], 철퇴[鎚] 등 흉흉한 병기들을 꺼내들었다.

뒤를 이어 지근거리로 다가온 한 척의 범선이 다시금 서너 개의 비조구를 날려서 난간에 걸고 당겨서 두 배를 하나처럼 고정해 큼직한 널판으로 연결했다.

그 널판을 통해 수십 명의 궁노수(弓弩手)와 도부수(刀斧手)들을 거느린 백포 노인 하나가 삼엄한 기색으로 건너왔다.

대력귀가 그 백포 노인을 보더니 미간을 찌푸리며 설무백에게 속삭였다.

"정말 예사롭지 않는걸요. 아무래도 그저 배나 털자고 나선 게 아닌 것 같아요."

"아는 사람인가?"

"하백의 최측근들인 장강칠옹(長江七翁)에 대해서 들어 보셨죠? 저 늙은이가 바로 그중 하나인 무풍마간(無風魔竿) 백천숭(白

天蝎)이에요. 장강칠옹 중에서도 가장 성질 더러운 노인네죠."

하백은 본디 물의 신이지만 작금의 강호 무림에서는 장강수로십팔타의 총타주를 뜻한다.

작금의 장강수로십팔타를 이끄는 총타주인 천강룡의 별호가 바로 하백이기 때문이다.

장강칠옹은 바로 그 하백에게 고굉지신을 자처하는 장강수로십팔타의 일곱 장로들로, 개개인이 구대 문파의 장로들과 어깨를 견준다고 알려진 고수들이었다.

설무백은 안 그래도 예사롭지 않은 기도를 풍기는 백포 노인이 어딘지 모르게 낯설지 않다고 생각하던 참에 정체를 알게 되자 절로 이채로운 눈빛을 드러냈다.

장강칠옹이라면 그도 전생의 기억을 통해서 익히 잘 아는 자들이었다.

지금 나타난 무풍마간 백천승과는 일면식이 없지만 다른 자들 중의 서너 명과는 직접 싸워 본 적도 있었다.

당시 비록 그가 모든 싸움에서 이기긴 했으나, 다들 출중한 실력을 가진 고수들이어서 기억이 생생했다.

그러니 대력귀의 추측이 옳을 터였다.

성질이 더럽건 말건 그런 고수가 고작 장강을 건너려는 사람들의 쌈짓돈이나 털자고 이처럼 다수의 수하들을 거느리고 나섰을 리는 만무하지 않은가.

설무백이 그런 생각을 하는 사이, 갑판에 오른 백천승의 눈빛에 반응한 십여 명의 사내들이 민첩하게 선실로 내려갔다.

백천승이 그제야 뱃전의 난간에 올라서서 사람들을 굽어보며 공수했다.

"본인은 장강의 주인인 하백 어른을 모시는 백 아무개라고 하오. 다름 아니라, 어제 저녁 우리 총타에 초대하지 않은 밤 손님이 들어와 수선을 피우고 도주했는데, 놈의 발길이 이쪽 강줄기로 이어져서 이렇게 본의 아니게 실례를 범하게 되었소. 미안하지만 너그럽게 이해하고 협조해 주길 바라오."

입으로는 미안하다고 말했지만, 전혀 미안해하지 않는 태도와 말투였다.

말을 하면서 갑판의 사람들을 훑어보는 그의 눈빛이 차갑게 식어 있다는 것은 둘째 치고, 그의 곁에서 궁노를 겨누고 있는 자들과 각종 병기를 뽑아 든 채 늘어선 자들이 하나같이 당장에 피를 뿌리고도 남을 정도로 서슬이 시퍼랬다.

설무백은 백천승을 비롯한 수적들의 기세가 예상보다 더 살벌하자 내심 적잖게 걱정했다.

공야무륵과 대력귀야 모습을 드러낸 채 기도를 갈무리하고 있었으니 별반 문제될 것이 없을 테지만, 암중에서 그를 호위하는 혈영과 사도의 기척이 드러나면 싸움이 불가피해질 수도 있었다.

그때 앞서 백천승의 지시를 받고 선실로 내려갔던 사내들이 갑판으로 올라왔다.

그들의 뒤에는 대여섯 명의 사람들이 따르고 있었다.

　백천승의 얼굴이 일그러졌다.

　선실에 있는 자들을 끌고 올라오라고 내려 보낸 수하들이 마치 길을 안내하듯 앞장서서 갑판으로 올라서고 있으니 절로 불편한 심기를 드러낸 것이다.

　그러나 그들에겐 그럴 만한 이유가 있었다.

　백천승이 이내 그것을 깨닫고는 안색을 바꾸며 공수했다.

　"이거 서문하(西門霞) 대협 아니시오? 대명 자자한 서문세가 (西門世家)의 원로를 이런 곳에서 뵙게 될 줄은 몰랐구려. 이거 수하들이 결례나 저지르지 않았는지 심히 걱정됩니다그려."

　선실로 내려갔던 사내들의 뒤를 따라 갑판으로 올라선 사람들 중에는 하나같이 청록의 비단옷에 비취(翡翠)를 박은 영웅건(英雄巾)을 두른 다섯 사람이 있었다.

　그중의 한 사람인 장대한 체구와 백발의 머리가 중후함을 더하는 노인이 겸연쩍은 미소를 흘리며 나섰다.

　"장강의 행사로 보고 괜한 누를 끼칠까 우려되어 선실을 나서지 않았는데, 본인이 미처 백 대협의 섬세함을 고려치 않았구려. 이거 정말 무색하게 되었소."

　설무백은 은연중에 눈을 빛냈다.

　이건 정말 예기치 않은 인물의 등장이었다.

　서문세가는 호남성의 패주 중 하나로, 남맹의 맹주를 배출한 남궁세가와 더불어 남맹의 핵심을 구성하는 세가 연대의 하나인 무림 세가이며, 서문하 개인은 서문세가의 원로이기 이전에 비검(飛劍)이라는 별호 아래, 자타가 호남제일검(湖南第一劍)으로 인정하는 당대의 검호(劍豪) 중 하나였다.

비록 인연이 닿지 않아서 전생의 그가 만나 본 적은 없었으나, 그 혁혁한 명성만큼은 귀에 못이 박이도록 들었는데, 참으로 묘한 자리에서 마주친 것이다.

"누는 무슨, 먼저 인사를 나누었으면 좋았을 것을 그랬습니다. 한데, 이 시국에 강북은 무슨 일로 다녀오시는지……?"

무풍마간 백천승은 역시나 장강의 노강호답게 대명 자자한 서문하 앞에서도 전혀 밀리는 기색 없이 자신의 임무를 수행했다.

이에 서문세가의 가솔들로 보이는 서문하의 동행들이 대번에 불편한 기색을 드러냈다.

하지만 정작 서문하는 웃는 낯으로 대답했다.

"마침 의창부의 저잣거리에 이 사람이 전부터 구하고 싶던 소품들이 있다는 얘기를 듣고 다녀오는 길입니다."

"그래서 물건은 구하셨고요?"

"다는 아니지만 몇 가지는 인연이 닿아 구했지요."

어지간하면 강호의 도의상 이 정도에서 물러나련만 백천승은 집요했다.

"실례가 되지 않는다면 제가 좀 볼 수 있을까요?"

서문하의 동행자인 중년인 하나가 더는 참지 못하고 불쾌한 기색을 드러냈다.

"이거 너무 심한 것 아니오? 지금 우리 노야께서 거짓말을 한다고 생각하는 거요?"

백천승이 태연하게 웃으며 대꾸했다.

"그게 아니라 본인은 그저……."

그의 변명 아닌 변영이 미처 끝나기도 전에 서문하가 슬쩍 손을 들어서 말을 끊으며 부란 듯이 중년인을 꾸짖었다.

"백 대협께서 중요한 임무를 수행하는 것으로 보이지 않느냐! 그거 잠시 보여 주는 것이 무슨 대수라고 우리 가문과 더 나아가서 남맹이 장강수로십팔타와 척지게 하려는 것이냐! 어서 냉큼 보여 드려라!"

중년인이 서문하의 호통에 찔끔하며 고개를 숙이고는 서둘러 어깨에 메고 있던 봇짐을 내려서 주섬주섬 풀었다.

백천승이 그 모습을 보고는 재빨리 손사래를 치며 말했다.

"아니, 됐소이다. 그만 두시오. 생각해 보니 본인 너무 주제넘은 짓을 한 것 같소이다. 진심으로 정중히 사과드리오."

백천승은 서문세가에 이어 남맹까지 거론하는 서문하의 은근한 분노가 중년인이 아니라 자신에게 향하는 것임을 읽으며 물러났다.

과연 장강수로십팔타의 실세다운 노련함이었다.

남북대전에서 중립을 지키고 있는 장강수로십팔타의 입장에선 어느 한쪽과도 척을 져서는 안 되는 입장인 것이다.

게다가 그는 이미 원하는 바를 얻었다.

봇짐까지 풀어헤쳐서 구한 물건을 내보이려고 하니, 서문하의 말이 사실임을 확인한 것과 다름없지 않은가.

백천승의 말을 들은 중년인이 봇짐을 풀어헤치던 손길을 멈추며 서문하를 보았다.

서문하가 가볍게 고개를 끄덕였다.

중년인이 풀어헤치던 봇짐을 다시 싸매서 어깨에 둘러맸다.

서문하가 그제야 굳어진 안색을 풀고는 백천승을 향해 미소를 드러내며 공수했다.

"배려에 감사드리오, 백 대협."

"무슨 그런 천만에 말씀을……!"

백천승이 과장되게 겸손을 떨고는 한쪽 난간으로 몰아넣은 사람들의 건너편 갑판을 가리키며 말했다.

"그럼 본인이 서둘러 볼일을 끝낼 테니, 잠시 저쪽에서 기다려 주시겠소이까?"

서문하 등도 백천승처럼 섣부른 행동은 하지 않았다.

그는 배려로 보이지만 사실은 지시와 다름없는 백천승의 말에도 반발하지 않고 순순히 따라서 자리를 옮겼다.

백천승이 그렇듯 그들도 장강수로십팔타가 껄끄럽기는 매한가지였던 것이다.

설무백은 그 순간 무언가를 감지했다.

등을 기대고 있는 난간 너머에서 사람의 기척이 느껴졌다.

그는 은근슬쩍 고개를 돌려서 난간 너머를 살폈다.

그리고 이내 검은 일색의 복장을 한, 이른바 야행복 차림의 복면인과 눈이 마주쳤다.

그의 측면으로 조금 떨어진 난간의 아래였다.

언제부터였는지는 모르겠으나, 거기 기와지붕의 처마처럼 비스듬히 너울진 난간의 그늘 속에 복면인 하나가 거머리처럼 달라붙어 있었던 것이다.

설무백은 그 복면인이 바로 지금 벌어진 사태의 장본인임을 직감하며 잠시 망설였다.

괜한 시비에 휩쓸리지 않으려면 복면인의 존재를 밝히는 것이 좋은데, 막상 선뜻 내키지가 않았다.

너무 치졸하고 졸렬하다는 생각이 들었다.

그런 그의 고민을 아는지 모르는지 복면인이 복면 사이로 빠끔히 드러낸 두 눈을 부라리며 주먹을 들어 보였다.

우스운 모습이었다.

도마에 오른 생선 같은 자신의 처지도 모르고 여차하면 죽이겠다고 그를 위협하는 것이다.

설무백은 속으로 웃었다.

치졸하고 졸렬하고를 떠나서 어찌 보면 담대하고 또 어찌 보면 우스꽝스러운 복면인의 태도에 호감이 갔다.

그때 백천승의 준엄한 호령이 그의 정신을 일깨웠다.

"자, 후딱 해치웁시다! 지금부터 한 사람씩 본인의 앞을 지나서 저쪽으로 자리를 옮기면 되는 거요! 우리가 찾는 후레자식이 아니라면 아무런 피해가 없을 테니, 괜한 실랑이 벌이지 말고 고분고분 따라 주길 바라오!"

잠시 누그러졌던 살기가 다시 비등했다.

서문하 등의 등장으로 인해 숙여졌던 궁노가 다시 들리고, 병기를 늘어트렸던 사내들이 다시금 살기를 드높이며 병기를 곧추세우고 있었다.

그런 그들의 압도적인 위협 앞에서 고분고분하지 않을 사람은 적어도 여기 장내에 없었다.

사람들이 하나씩 앞으로 나서서 눈을 부리고 살피는 백천승의 앞을 지나갔다.

이윽고, 차례가 돌아온 설무백도 묵묵히 백천승의 앞을 지나서 서문하 등이 서 있는 자리로 갔고, 그의 뒤를 따른 공야무륵도 별다른 문제없이 통과했다.

설무백은 말할 것도 없고, 애써 기도를 억누르고 감춘 공야무륵도 백천승의 의심을 받지 않은 것이다.

백천승은 아마도 자신이 잡으려는 범인의 특징을 익히 잘 알고 있는 것 같았다.

그렇지 않다면 무공을 익힌 것이 확실한 사내들조차 그저 한 번 훑어보는 것으로 대수롭지 않게 통과시키지는 않을 터였다.

유독 그가 서문하에게 집요함을 보인 이유는 아마 워낙 예
상치 못한 거물을 만나서 못내 의심의 눈초리를 거두지 못한
것이었다.

　그래서 설무백은 별 탈 없이 지나가나 했는데, 아쉽게도 그
렇지가 않았다.

　대력귀가 문제였다.

　대력귀가 앞을 지나가자, 백천승이 슬쩍 손을 들어서 그녀
의 발길을 멈추었다.

　"사내가 아닌 것 같은데?"

　첫눈에 대력귀가 남장 여자임을 알아본 것이다.

　대력귀가 태연하게 백천승을 쳐다보며 대꾸했다.

　"그게 무슨 문제가 되나요?"

　백천승이 눈빛이 변해서 물었다.

　"왜 남장을 했지?"

　대력귀는 시큰둥하게 백천승을 바라보았다.

　"미색이 너무 튀어서요. 곱상한 여자가 남장을 하고 강호에
나서는 것은 이미 오래전부터 최상의 방어 수단이라고 전해지
는 상식인데, 모르시나요?"

　백천승의 눈초리가 싸늘해지고 숨이 거칠어졌다.

　맹랑한 그녀의 반박에 치미는 분노를 애써 억누르는 모습
이었다.

　"왜 이렇게 태연하지? 내가 누군지는 모른다고 쳐도, 지금

너를 겨누고 있는 궁노와 칼들이 두렵지도 않나?"

대력귀가 보란 듯이 헛웃음을 흘렸다.

"이젠 태연한 것도 문제가 되나요?"

"당연히 문제가 되지. 그럴 수 없는 사람이 그런 모습을 보이는 것은 의심의 여지가 충분하니까."

"점쟁이세요? 내가 그럴 수 있는 사람인지 그럴 수 없는 사람인지 노인네가 어떻게 안다는 거예요?"

"......!"

대답에 앞서 은근슬쩍 서문하 등을 일별한 백천승의 얼굴이 묘하게 일그러졌다.

미소를 잃지 않으려 애쓰며 지그시 어금니를 깨무니 자연히 그런 표정이 되었다.

그의 입장에서는 어쩔 수 없었다.

아무리 봐도 그의 눈엔 대력귀가 어린 계집이었다.

그런 어린 계집이 맹랑함을 넘어서 건방지기 짝이 없게도 꼬박꼬박 대들고 있으니, 정말 이게 뭔가 싶었다.

생각 같아서는 당장에 껍질을 벗겨 놓고 엉덩짝을 두들겨도 시원찮았으나, 서문하 등이 지켜보고 있으니 차마 그럴 수가 없어서 더욱 속이 뒤집혔다.

"내가 점쟁이는 아니지만, 다 아는 수가 있다! 이제 곧 너도 그걸 알게 될 거다!"

애써 분노를 억누른 태도로 매섭게 쏘아붙인 그는 신경질적으로 손가락을 튕겼다.

"잡아라! 의심의 여지가 많은 계집이니 데려가서 좀 더 캐 봐야겠다!"

도검을 뽑아 든 채 백천승의 뒤에 시립해 있던 사내들 중 둘이 재빨리 튀어나왔다.

얼음처럼 싸늘하게 변한 대력귀의 안색이 한숨을 내쉬며 지켜보던 설무백의 시선을 자극했다.

설무백은 나서지 않을 수 없었다.

"그건 좀 곤란합니다만."

백천승의 시선이 반사적으로 그에게 돌아갔다.

대력귀를 향하고 있던 궁노의 방향도 그의 시선을 따라서 일제히 설무백을 겨누었다.

백천승이 '이건 또 뭐지'라는 표정으로 험악하게 인상을 찌 푸리더니, 그 인상만큼이나 사나운 말투로 다그쳤다.

"대체 뭐가 곤란하다는 거냐, 이 대가리에 피도 안 마른 어 린놈의 자식아!"

질문이 아니라 그냥 분노였다.

서문하 등의 시선을 의식해서 애써 유지하던 그의 점잖은 가식이 대번에 무너졌다.

가뜩이나 대력귀로 인해 억지로 눌러 참고 있던 그의 분노 가 느닷없이 끼어든 새파란 애송이로 인해 더 이상 참지 못하 고 폭발해 버린 것이다.

그런데 더 이상 분노를 참지 못하고 폭발해 버린 사람은 그뿐만이 아니었다.

이쪽에도 그런 사람이 있었다.

바로 공야무륵이었다.

자신을 무시하고 욕하는 것은 참을 수 있을지 몰라도 설무백을 무시하고 욕하는 것만큼은 절대 참지 못하는 그였다.

백천승의 욕설에 대한 당연한 반응으로 그의 손에는 이미 도끼가 들려 있었다.

"죽일까요?"

확장풍잔擴張風棧 (4)

"어째 잘 넘어가나 했더니만⋯⋯."

이제 정말 조용히 넘어갈 수 없다는 사실을 인지한 설무백은 깊은 한숨을 내쉬었다.

그는 슬쩍 손을 들어 도사린 늑대처럼 사납게 변한 공야무륵을 막으며 앞으로 나섰다.

싸울 때 싸우더라도 피할 수 있을 때까지는 피해 보자는 게 그의 생각이었다.

"그 아이는 내 종복이요. 주인을 면전에 두고 종복을 함부로 데려간다고 하니, 어찌 곤란하지 않겠소."

백천승은 느닷없이 도끼를 뽑아 들며 자신의 생사를 논하는 공야무륵의 태도에 어처구니없어 하다가 그의 말을 듣고는 더욱 싸늘하게 변해서 눈을 부라렸다.

"겁대가리를 상실한 저 녀석도 네놈의 종복이냐?"

설무백은 욕설을 듣고 새삼 살기를 드높이는 공야무륵을 의식하며 서둘러 대답했다.

"나는 장강수로십팔타와 척지고 싶은 생각이 전혀 없는 사람이오. 그러니 부디 서로 이해하고 조용히 넘어갈 수 있었으면 좋겠소."

백천승이 헛웃음을 흘렸다.

"가소롭게도 마치 네놈이 뭐라도 되는 것처럼 말하는구나. 대체 그따위 만용은 어디서 구할 수 있는 거냐?"

설무백은 이젠 정말 틀렸다 싶어서 태도를 바꾸었다.

"이건 사거나 구하는 게 아니라 그냥 느끼는 거다. 지금 당신이 날 정신 나간 애송이로 보면서도 왠지 모르게 선뜻 나서기 싫은 것처럼 말이야."

백천승이 갑작스러운 그의 반말에 두 눈에 담긴 살기를 드높이며 으르렁거렸다.

"이런 건방진 놈을 보았나! 네놈이 정말 죽고 싶어서 안달이 난 게로구나!"

설무백은 심드렁하게 말을 받았다.

"어차피 죽일 것처럼 말하면서 오만하면 어떻고 방자하면 또 어떤가."

백천승이 이젠 정말 기도 안 찬다는 듯 웃는 낯으로 슬쩍 서문하를 보며 하소연 아닌 하소연을 늘어놓았다.

"정말 말이 안 통하는 놈이군요. 대체 왜 제게 이런 시련이 닥치는지 모르겠소이다. 겨우 하루 만에 이런 미친 애송이들을 넷이나 만나는 것은 너무 심한 것이 아닌가 싶소이다그려."

서문하는 그저 어색하게 웃을 뿐 대꾸하지 않았다.

자신은 무슨 일이 있어도 끼어들지 않겠다는 무언의 대답 같았다.

설무백은 그와 상관없이 어디까지나 태연하게 백천승의 속내를 읽으며 말했다.

"그래도 선뜻 수하들에게 공격 명령을 내리기는 싫지? 왠지 모르게 직접 나서는 것도 찜찜하고?"

그는 심연처럼 깊게 가라앉은 눈빛으로 백천승의 시선을 직시하며 덧붙여 경고했다.

"그걸 본능이라고 하는 거다. 그 본능에 충실해라. 그러면 아무도 다치지 않는다."

백천승의 표정이 볼썽사납게 일그러졌다.

입은 웃고 있는데 눈은 깊게 그늘겼고, 경직된 눈가에서는 파르르 경련이 일어나고 있었다.

극도의 분노와 불신, 이해할 수 없는 걱정과 그것을 능가하는 반감이 한데 뒤엉킨 번민의 구렁텅이가 정신을 차릴 수 없을 정도로 그의 심중을 어지럽게 했다.

그도 그럴 것이, 그의 모든 심정이 설무백이 한 말과 추호도 다르지 않았다.

그는 설무백과의 싸움이 꺼려졌다.

뒤늦게 종복이라는 건방진 계집과 다짜고짜 도끼를 뽑아 든 공야무륵의 무위가 예사롭지 않다는 느낌이 들기도 했지만, 그게 이유는 아니었다.

아무리 봐도 약관을 넘지 못한 애송이가 분명한 설무백에게서 왠지 모르게 건드리면 안 될 것 같은 기분을 자아내는 무언가가 느껴졌다.

육감이라면 육감이고, 본능이라면 본능이었다.

분명 말이 안 된다고 생각하면서도 무언가 돌이킬 수 없는 불행이 닥칠 것만 같은 직감이 들었다.

그래서 기분은 더럽지만, 내심 어떻게든 작금의 상황을 회피할 수 있는 방안을 찾으려고 애쓰는 그였는데, 아쉽게도 그게 뜻대로 되지 않았다.

다른 누구도 아닌 그의 수하가 나서서 일을 망쳐 버렸다.

"대가리에 피딱지도 안 떨어진 애새끼가 감히 누구 앞에서 그따위 개수작을……!"

사나운 욕설과 함께 백천승의 어깨 위를 날아서 설무백을 향해 쇄도하는 잿빛 인영 하나가 있었다.

백천승의 오른팔로 알려졌으며, 이름 대신 철갑교(鐵甲鮫)라 불리는 사내가 참다못해 분노를 터트리며 나선 것이었다.

백천승은 본능적으로 아차 했으나, 막아서기에는 이미 때가 늦은 후였다.

단숨에 그를 뛰어넘어서 설무백의 면전으로 육박한 철갑교의 두 손에는 이미 각기 짧고 긴 두 자루 송곳이, 이른바 기문병기에 속하는 한 쌍의 자(刺)가 들려서 강렬한 살기를 뿌리고 있었다.

이건 아닌데 하면서도 어쩔 수 없이 드는 혹시나 하는 기대가 백천승의 가슴을 뒤흔들었다.

철갑교의 공격은 그처럼 빠르고 강렬했다.

그러나 백천승의 기대는 그저 기대에 지나지 않았다.

설무백은 한 점의 동요도 없이 냉정한 눈빛으로 철갑교의 쇄도를 지켜보았다.

백천승의 기대가 무색하게 그에게는 그래도 좋을 충분한 여유가 있었다.

그의 눈에 들어온 철갑교의 무위는 이번에 그가 동행한 수하들 중 가장 하수인 사도보다도 아래였던 것이다.

철갑교의 입가에 득의한 미소가 스쳤다.

무방비한 설무백의 태도를 예기치 못한 공격에 대한 주눅으로 읽은 것이다.

설무백은 철갑교의 웃는 얼굴이 코앞에 이르러서야 비로소, 두 손을 내밀었다.

얼핏 보면 철갑교의 수중에 들린 무기를 잡으려는 듯 보였으나, 사실은 그 무기를 잡고 있는 손목을 낚아채려는 손 속이었다.

"흥! 감히 어딜……!"

철갑교가 예리하게 그의 의도를 파악하고는 순간적으로 초식의 변화를 주었다.

뱀처럼 빠르면서도 부드럽게 손목을 휘돌려서 역으로 설무백의 손목을 노리는 일격이었다.

그러나 철갑교가 느낀 것은 사실이 아니라 거짓, 바로 실초가 아니라 허초였다.

설무백은 변화된 철갑교의 초식에 맞추어 현란하면서도 신속하게 두 손을 놀렸다.

장내에 있는 사람들 중 한두 명을 제외하면 그 누구도 제대로 보지 못했을 만큼 빠른 변화였다.

기묘한 각도로 양손을 비트는 것으로 철갑교의 송곳을 피하고 흘리면서 철갑교의 신형을 보다 더 가깝게 끌어들이고, 자연스럽게 앞으로 내밀어진 양손의 손바닥을 철갑교의 가슴 팍에 붙이는 그의 동작이 치차(輜車)처럼 빠르면서도 정교하게 이루어졌다.

펑-!

경쾌하면서도 왠지 모르게 섬뜩함을 주는 소음이 그의 손바닥이 대진 철갑교의 가슴에서 작렬했다.

그것으로 철갑교의 발은 아직 갑판의 바닥에 닿지 않았고, 닿을 이유도 사라져 버렸다.

폭음과 동시에 철갑교의 신형이 쇄도할 때보다 배는 빠른 속도로 튕겨 나갔기 때문이다.

무려 이십여 장이나 떨어진 저쪽 건너편, 바로 앞서 자신이 타고 왔던 범선까지 날아간 그의 신형은 돛대와 부딪쳤다가 떨어져서 강물로 처박혔다.

그 모든 것이 그야말로 창졸지간에 벌어진 일이라 사람들의 눈에는 설무백을 노리던 철갑교가 설무백과 부딪치기도 전에 튕겨 나간 것으로 보였다.

그러나 그사이 그들은 교전을 벌였고, 그 교전의 결과는 철갑교의 참혹한 죽음이었다.

철갑교가 날아가면서 허공에 흩뿌린 핏방울들이 뒤늦게 갑판으로 쏟아져서 나는 후드득 소리와 철갑교가 처박힌 강물의 파동이 대번에 시뻘겋게 바뀌며 그의 죽음을 대변해 주고 있었다.

"……!"

백천승의 안색이 창백해졌다.

철갑교는 그의 오른팔이기 이전에 장강수로십팔타를 통틀어 능히 백대 고수의 하나로 꼽히는 실력자였다.

그런 철갑교가 고작 어린 애송이의 일수에 당해서 참혹한 죽어 버린 것이다.

이건 정말 날벼락과 다름없었다.

설령 그라도 전혀 가능한 일이 아니기 때문에 더욱 그랬다.

그래서였다.

백천승은 평소 총애하던 수하가 처참하게 죽어 나갔음에도 전에 없이 냉정해졌고, 더 없이 침착하게 대응했다.

공격 명령을 내리는 대신 애써 분노를 삭이며 두 손을 좌우로 펼쳐서 수하들의 동요를 막았다.

싸움을 피하려는 것이 아니었다.

섣부르게 움직이지 않으려는 노력이었다.

그만큼 설무백이 드러낸 무위는 평소 성마르기 짝이 없는 그의 피를 그렇듯 차갑게 식힐 정도로 강렬했다.

그러나 아쉽게 되었다.

백천승의 그와 같은 태도는 누가 봐도 더 없이 유효적절한 대응이 분명했으나, 불행히도 성공하지 못했다.

그는 냉정해졌으나 그의 수하들은 그러지 못했기 때문이다.

그들은 오히려 극도로 흥분했다.

동료의 죽음에 분노를 터트리지 않는다는 것은 그들에겐 있을 수 없는 일이었다.

하물며 지금 그들의 상관은 성마르기 짝이 없는 무풍마간 백천승이었다.

백천승이 이런 상황에서 참는다는 것은 정말이지 그들에게 있어서 상상조차 할 수 없는 일이었다.

그래서 수적들은 상황을 제대로 인지하지도, 이해하지도 못하고 그저 오랫동안 몸에 밴 습관대로 움직였다.

궁노수들은 본능처럼 궁노를 쏘고, 도부수들은 함성을 내지르며 숙련된 동작으로 사납게 뛰어나갔다.

예기치 못한 철갑교의 죽음으로 크게 당황해 버린 그들이 예상치 못한 백천승의 손짓을 공격 명령으로 잘못 인식해 버린 것이었다.

"쳐라!"

"죽여라!"

백천승은 돌격하는 수하들의 고함에 뒤늦게 사태를 인지했으나, 동시에 이미 돌이킬 수 있는 상황이 아니라는 사실도 깨달았다.

지금 수하들을 막으면 죽도 밥도 되지 않았다.

그때였다.

어디선가 불어 닥친 한줄기 돌풍이 무자비하게 장내를 휩쓸기 시작했다.

타다다닥—!

콩을 볶는 듯한 소음이 울리며 허공을 수놓은 궁노들이 그 돌풍에 휩쓸려서 사방으로 튕겨 나갔다.

돌격하던 도부수들이 대번에 가랑잎처럼 나가떨어지고, 시위를 다시 당기던 궁노수들도 속절없이 밀려 나가서 난간 너머 강물로 추락했다.

"저, 저놈이……!"

백천승은 장내를 휩쓰는 돌풍의 정체를 알아보며 절로 두 눈을 크게 부릅떴다.

돌풍의 정체는 바로 설무백이었다.

워낙 빠르고 현란하게 움직이며 장내를 쑥대밭으로 만드는 통에 그의 움직임이 마치 돌풍처럼 보였던 것이다.

그나마 출중한 안력을 가진 그이기에 그것을 볼 수 있었던 것인데, 아쉽게도 그게 다였다.

그저 보이기만 할 뿐, 그가 할 수 있는 일은 아무것도 없었다. 그가 그것을 봤을 때는 이미 거의 모든 수하들이 강물로 떨어져 나간 후였기 때문이다.

"놈!"

끝까지 백천승의 곁을 지키며 서 있던 사내 하나가 이를 악물고 앞으로 나섰다.

순간적으로 사내의 소매에서 작살처럼 끝이 세 갈래로 갈라진 병기가 튀어나왔다.

사내의 별호를 만들어 준 병기인 아미자(蛾眉刺)였다.

사내는 바로 백천승의 수족이기 이전에 철갑교처럼 장강수로십팔타의 백대 고수로 꼽히는 독갈(毒蠍) 낭리보(浪籬甫)였다.

백천승은 부지불식간에 한 손을 옆으로 펼쳐서 낭리보의 앞을 막았다.

"기다려라!"

낭리보가 이유를 모르겠다는 표정으로 움찔하다가 이내 깨달으며 안색을 바꾸었다.

한순간 수십 개의 비조구가 날아와서 마침 이동을 멈추고 모습을 드러낸 설무백을 뒤덮고 있었다.

이쪽 선박과 연결된 그들의 범선에서 대기하던 수하들이 일제히 공격에 나선 것이었다.

"한철로 만들어진 비조구에 뒤엉키면 설사 대라신선(大羅神仙)이라도 절대 빠져나가지 못한다!"

백천승이 득의양양하다기보다 바람으로 들리는 말을 외쳤다.

그러나 설무백은 마치 그런 그를 비웃기라도 하듯 대수롭지 않게 두 손을 쳐들어서 하늘을 받쳤다.

순간.

꽝―!

벽력이 치고 뇌성이 울었다.

그리고 동시에 얽히고설키며 그물처럼 변해서 설무백의 전신을 뒤덮은 수십 개의 비조구와 거기 매달린 쇠사슬이 산산조각으로 박살 나며 비산했다.

"으악!"

"크아악!"

찢어지는 단말마의 비명이 꼬리를 물고 이어졌다.

산산조각으로 박살 난 비조구의 파편이 사방으로 비산하지 않고 마치 사전에 의도된 것처럼 일제히 비조구들이 날아온 방향으로 비산해서 그 비조구에 매달린 쇠사슬의 끝자락을 잡고 넋이 나가 있던 사내들을 덮친 것이다.

"어, 어찌 저럴 수가……!"

누군가의 입에서 탄성이 터지는 가운데, 앞서 멈추었던 낭리보가 메뚜기처럼 튀어 올라서 아미자의 서슬을 뻗어 내며 설무백을 덮쳤다.

백천승도 더는 머뭇거리지 않고 그림자처럼 그 뒤를 따르다가 낭리보가 높이 치솟는 순간에 측면으로 미끄러져 나가 어느새 손에 든 짧은 낚싯대를 휘둘렀다.

피이웅-!

예리한 파공음이 터졌다.

갑자기 서너 배로 길어진 백천승의 낚싯대가 만월처럼 크게 휘어지며 그 어떤 날카로운 서슬보다도 더 예리한 기세를 일으키며 설무백을 휘감았다.

낚싯대의, 바로 무풍마간의 끝에서 이어진 천잠사로 만들어진 낚싯줄이 설무백을 기점으로 당겨진 올가미처럼 빠르게 좁아지고 있었다.

휘릭-!

아마 올가미의 끝자락을 따르며 반짝이는 꼬리는 아마도 금광석으로 만들었다는 낚싯바늘일 텐데.

"소리가 아주 안 나는 건 아니네."

설무백은 태연하게 서서 백천승의 공격을 평가했다.

그리고 머리 위에서 덮쳐오는 낭리보의 아미자를 대수롭지 않게 피하며 올가미 혹은 회오리처럼 조여 오는 기세의 중심을 향해 손을 뻗었다.

"천잠사를 맨손으로 잡았다간……!"

경고 아닌 경고를 흘리며 득의하던 백천승은 이내 벌어진 광경에 차마 입을 다물지 못하고 새파랗게 질려 버렸다.

낚싯줄이, 바로 천잠사가 팽팽하게 당겨지며 무풍마간이 부러질 듯 크게 휘어지고 있었다.

설무백의 손이 강철도 두부처럼 베어 내는 천잠사에 휘감긴 채로 아무렇지도 않게 힘을 쓰고 있었던 것이다.

그 순간에.

채챙-!

예리한 금속음이 울렸다.

그리고 설무백의 머리 위에서 불꽃이 비산하고, 찢어지는 비명이 그 뒤를 따랐다.

"크아악!"

설무백을 노리던 낭리보가 피를 뿌리며 날아가고 있었다.

누군가, 그것도 한 사람이 아니라 두 사람이 거의 동시에 신형을 날려서 그의 공격을 막으며 역공을 펼친 결과였다.

역공을 펼친 것은 공야무륵과 대력귀였다.

그러나 백천승은 그들의 정체를 확인할 틈이 없었다.

"헉!"

엄청난 힘이 그를, 정확히는 그가 잡고 있는 무풍마간을 당기고 있었기 때문이다.

백천승은 사력을 다해서 용을 쓰며 버티려 했으나, 그 힘이 너무나도 무지막지해서 도무지 당해 낼 재간이 없었다.

결국 무풍마간은 당장이라도 부러져 나갈 것처럼 포개지듯 옆으로 누워 버렸고, 그도 속절없이 그 힘에 이끌려 갔다.

설무백이 그렇게 자신의 앞으로 끌려온 백천승의 목을 손으로 움켜잡았다.

백천승에게는 뻔히 눈에 보이면서도 피할 수 없는 기묘한 손 속이었다.

"익!"

백천승은 설무백의 손에 매달린 상태로 이를 악물며 사력을 다해서 뿌리치려고 용을 썼다.

그런데 그 순간, 무언가 허전함이 느껴지면서 그의 시선에 들어온 세상이 빠르게 기울어졌고, 이내 등에서부터 밀려온 충격이 그의 숨을 턱 막히게 만들었다.

설무백이 손아귀로 그의 목을 움켜잡은 상태 그대로 바닥에 찍어 눌러 버린 것이다.

"컥!"

절로 신음을 토하는 백천승의 시야로 그를 무덤덤하게 내려다보는 설무백의 얼굴이 들어왔다.

간신히 호흡이 트인 백천승은 절로 말을 더듬으며 물었다.

"대, 대체 다, 당신…… 누구냐?"

설무백은 웃었다.

압도적인 무위에 눌려 돌이킬 수 없는 절박한 상황에 놓였음에도 불구하고 불시에 나온 공대마저 차마 끝까지 잇지 못하고 말을 바꾸는 백천승의 태도가 그를 절로 웃게 만들었다.

독선이고 오만일 수도 있으나, 그의 눈에는 자신의 자존심과 장강수로십팔타의 긍지를 지키려는 필사적인 노력으로 보여서 호감이 갔다.

어쩌면 그의 마음이 넉넉해진 까닭인지도 몰랐다.

단순히 구철마수와 청마수의 조화만 가지고 백천승이 사력을 다한 진기가 실린 무풍마간의 낚싯줄, 즉 천잠사를 감당할 수 있을지 못내 반신반의했는데, 실제로 전혀 무리가 없어서 그는 매우 유쾌한 상태였다.

백천승이 그런 그의 태도를 오해하며 발끈했다.

"추접하다! 꼴사납게 희롱하지 말고, 사내답게 깨끗이 죽여라!"

설무백은 고도의 진기가 주입된 손으로 백천승의 목만이 아니라 전신을 구속한 상태로 내려다보며 물었다.

"어떻게 죽이는 것이 사내답게 깨끗이 죽이는 거지? 이대로 목을 눌러서 끊어 주면 되나? 아니면 무인답게 진기를 주입해서 내장부터 바싹 태워 버리는 게 사내답게 깨끗이 죽이는 걸까?"

백천승이 그의 분노를 읽으며 소침해지는 와중에 몸을 비틀며 괴로워했다.

설무백의 손에서 주입된 진기는 적당히 조절하고 있다는 주관적인 그의 판단과 달리 천하의 백천승조차 잠시도 견디기 어려울 정도로 막대한 압력을 행사하고 있었기 때문이다.

어렴풋이 그것을 깨달은 설무백은 슬며시 진기를 주입하는 것을 멈추고 백천승의 목을 놓아주었다.

그리고 전신을 구속하던 기세까지 거두며 허리를 폈다.

설무백이 백천승을 향해 말했다.

"사내답게 죽고 죽이는 방법이 세상천지 어디에 있나? 그냥 죽이면 죽이는 거고, 죽으면 죽는 거지."

구속에서 풀려나 비틀거리며 털썩 앉은 백천승은 예상하지 못한 전개에 당황하며 설무백을 뚫어지게 바라보았다.

"그래서 내게 바라는 게 무엇이냐?"

설무백은 강물에 빠져서 허우적대는 자들과, 그들을 구하느라 소란스러운 주변을 둘러보며 말했다.

"적당히 손에 사정을 두었으니, 죽은 애들은 별로 없을 거다. 그러니 더 이상 귀찮게 하지 말고 조용히 애들을 챙겨서 물러가라. 내가 바라는 건 그거 하나뿐이다. 아!"

그는 말미에 깜빡했다는 듯한 태도로 고개를 돌려서 갑판에 있던 사람들 앞에 나와 있는 서문하에게 시선을 주었다.

"가기 전에 저분들께 인사하는 것도 잊지 말고. 저분들이 아니었으면 어설프게 미쳐 날뛴 당신 수하들의 궁노에 적지 않은 사람들의 목숨이 날아갔을 거다."

궁노수들이 날린 궁노의 일부는 갑판에 모여 있던 사람들에게도 날아갔었다.

설무백이 미처 신경 쓰지 못한 그 궁노를 서문하와 그 일행이 막은 것이었다.

그러나 백천승은 그의 말에 조금도 반응하지 않고 서서는 매섭게 노려보기만 하다가 이내 불쑥 물었다.

"후환이 두렵지 않나?"

설무백은 무심하게 되물었다.

"두려워해야 하나?"

백천승의 얼굴이 그의 의도와 무관하게 수치로 붉어졌다. 그는 애써 감정을 누르며 말했다.

"고작 나 하나로 장강의 힘을 판단하려 든다면 크게 실수하는 거다."

설무백은 지그시 그를 바라보며 물었다.

"진심인가?"

백천승이 새삼스러운 그의 눈초리에 흠칫하다가 이내 어깨를 펴며 대답했다.

"진심이지 않고! 너 따위가 어찌 위대한 장강의 힘을 알겠느냐!"

설무백은 대뜸 말을 끊으며 반문했다.

"그러는 당신은 나를 아나?"

백천승은 선뜻 대답하지 못하고 침묵했다.

심연처럼 깊이를 가늠하기 어려운 설무백의 눈빛을 마주하자 그는 또다시 의지와 무관하게 두려움이 느껴져서 입을 열수가 없었다.

설무백은 그런 그를 물끄러미 바라보며 한손을 옆으로 뻗었다.

창대와 창극이 온통 거무튀튀한 양날 창 흑린이 요술처럼 모습을 드러내서 그의 손에 들렸다.

그는 그 순간에 돌아서며 흑린을 내던졌다.

사라지듯 순간적으로 그의 손을 떠난 흑린이 이제 막 어둠이 깔리기 시작하는 공간을 뚫고 날아갔다.

쩌저적―!

기묘한 소음이 연속해서 울렸다.

설무백이 던진 혹은 날린 양날 창 흑린이 이쪽 선박과 붙여놓은 범선과 그 너머에 이십여 장 정도의 거리를 두고 자리한 또 하나의 범선에 각기 두 개씩 높이 세워진 네 개의 돛대를 차례대로 관통하고 지나가면서 나는 소리였다.

백천승의 두 눈이 절로 커졌다.

제대로 본 사람보다 제대로 보지 못한 사람이 더 많은 그 광경을 적어도 그는 정확히 본 것이다.

다음 순간.

끼이아악―!

네 개의 돛대가 사방을 가로지르는 괴성을 자아내며 차례
대로 쓰러졌다.

설무백이 그 순간에 한 손을 높이 쳐들었다.

저 멀리 짙어진 어둠 속에서부터 날아온 흑린이 그의 수중
으로 들어갔고, 이내 모습을 드러냈을 때와 마찬가지로 감쪽
같이 사라졌다.

장내의 모두가 숨죽인 가운데, 설무백이 몸을 돌려서 백천
승을 마주하며 특유의 미온한 미소를 흘렸다.

"아무리 봐도 쉽게 감당할 수는 없을 것 같지?"

백천승은 대답하지 않고 침묵했다.

하지만 이미 크게 떠진 그의 두 눈에 서린 감정은 인정을
넘어서서 충격이었다.

잠시 그대로 서서 귀신을 보는 듯한 눈빛으로 설무백을 바
라보던 그는 이내 정신을 차리고 서문하 일행을 향해서 공수
했다.

"결례가 많았소. 부디 너그럽게 이해 주길 바라오. 그럼 본
인은 이만……!"

백천승은 두말없이 돌아서서 자신의 범선으로 돌아갔다.

두 배의 난간을 연결하고 있던 비조구들이 빠르게 거둬지
고, 두 배의 거리가 서서히 벌어졌다.

그런데 다른 범선 하나가 전혀 움직이지 않고 있었다.

"왜 저래?"

설무백이 절로 고개를 갸웃하는데 나직한 혈영의 전음이 그의 귀에 들려왔다.

–배를 몰 애들이 없을 겁니다. 혹시 몰라서 저희들이 손을 썼는데, 죽이지는 않았습니다.

이내 그 사실이 백천승의 귀에도 들어갔다.

이때 수적 하나가 수신호를 받고도 움직이지 않는 범선으로 넘어갔다가 다시 돌아와서 백천승에게 보고하자, 지그시 입술을 깨문 백천승이 씩씩거리는 모습으로 설무백을 노려보았다.

곧 백천승의 신경질적인 지시를 받은 십여 명의 사내들이 움직이지 않은 범선으로 넘어가는 가운데, 백천승이 뱃전으로 나서서 설무백을 향해 감자바위를 먹이며 고래고래 소리를 질렀다.

"야, 이 빌어먹을 애송이 놈아! 불알을 까서 입안에 물려 터트려 죽일 놈아! 장강은 다른 무엇보다도 원한을 중시한다는 것만은 잊지 말아라!"

설무백은 그저 웃고 말았다.

백천승의 태도가 마치 싸움에 지고 돌아가며 멀리서 악담을 퍼붓는 어린아이의 치기 같아서 화가 나기는커녕 웃음밖에 나오지 않았다.

이내 두 번째 범선이 백천승이 탄 범선의 뒤를 따라서 서서히 멀어져 갔다.

백천승을 비롯한 장강수로십팔타의 수적들이 그렇게 멀어져가고 판옥선이 강 건너편으로 움직이자, 주변 사람들이 본격적으로 설무백을 힐끔거리며 수군대기 시작했다.

설무백이 의식적으로 외면하고 있던 서문하 일행이 움직인 것도 그때였다.

"뭘 그리 거리를 두시오."

서문하가 사람 좋은 미소를 지으며 그에게 다가오며 말을 건네고 있었다.

"집을 나서면 사해가 동도라는 말도 있지 않소. 그러지 말고 우리 통성명이나 제대로 합시다. 노부는 서문세가의 밥을 축내고 있는 서문하라고 하외다."

설무백은 가능하면 서문하와 엮이고 싶지 않았다.

누가 뭐래도 서문하는 남맹의 중추를 이루는 서문세가의 인물이라 엮여서 좋을 것이 없었다.

하지만 무림의 입지나 명성은 말할 나위도 없고, 나이가 그보다 몇 곱절이나 더 먹은 노인이 먼저 고개를 숙이며 인사를 건네는데 어쩌겠는가.

무백은 별다른 도리가 없어 공수로 답례했다.

"무림 말학인 설 아무개라고 합니다."

아무개라는 것은 이름을 알 수 없거나 공개되지 않은 사람을 지칭하기도 하지만, 상대에게 자신의 이름을 알리기 싫을 경우에 붙이는 호칭이기도 했다.

그래서 그 호칭으로 소개를 할 경우, 사람에 따라 혹은 상황에 따라 얼마든지 불쾌하게 받아들일 수 있었다.

서문하가 새삼 사람 좋은 미소를 지으면서도 에둘러 그런 내색을 드러냈다.

"과공비례라고 했소이다. 생전에 처음 보는 신위에 아직도 경탄을 금할 수 없는데, 무림 말학이라 하니 참으로 겸손이 지나친 소협이오. 이름이 부담스러우면 어디 별호라도 알려 주시구려."

설무백은 그제야 정말 난감해져서 멋쩍은 표정을 지으며 대답했다.

"오해하실까 두려우나, 실로 별호가 없는 무명소졸입니다."

서문하가 못내 미심쩍은 눈치를 보였다.

"놀랍구려. 천하의 무풍마간 백천승을 어린애처럼 다루는 청년기협에게 별호가 없다니 참으로 믿기 어려운 일이외다."

설무백은 달리 할 말이 없어서 그저 밋밋한 미소를 지으며 입을 다물고 있었다.

그냥 그대로 넘어가면 좋으련만, 그렇지가 않았다.

서문하의 동행인 사내 하나가 그의 외면을 무시로 받아들였는지 사납게 변해서 말했다.

"아무리 봐도 내 또래도 안 되는 것 같은데 너무 무례한 친구군. 별호 하나 밝히는 것이 무에 그리 대수라고 이리도 어른의 말씀을 무시하는가."

대력귀가 설무백을 대신하듯 나서서 불쾌함을 드러냈다.

"예의가 없는 사람이 예의를 따지니 참으로 우습네요. 없어서 없다고 말하는 것을 무례로 받아들이고 따지는 사람이 더 무례한 것 아닌가요?"

이에 사내가 대번에 사나운 눈빛을 드러냈다.

그러자 대력귀가 정말 같잖다는 듯이 웃으며 사내를 쳐다봤다.

설무백은 괜한 오해를 풀고자 구차한 대화를 이어 나갈 생각이 전혀 들지 않아서 냉정하게 나섰다.

"나는 무시가 아니라 사실을 말한 것이고, 그쪽은 정말 몰라서 그런 것일 테니 서로 괜한 트집 잡지 말고 그만둡시다."

하지만 사내는 그만두지 않았다.

"괜한 트집? 지금 내가 괜한 트집을 잡는 것으로 보이나?"

결국 참고 있던 공야무륵이 도끼자루를 잡고 나섰다.

"죽일까요?"

그 모습에 사내가 칼자루를 잡으며 눈을 부라렸다.

"이것들이 보자보자 하니까……!"

설무백은 손을 내밀어서 공야무륵과 사내 사이를 갈라놓으며 서문하를 향해 말했다.

"충성심이 너무 과한 친구네요. 그런 것도 상대를 봐 가면서 해야지 막무가내로 이러면 곤란합니다. 제 수하만이 아니라 저 역시도 그리 참을성 많은 놈이 아닙니다. 더 이상 묵인하시면 저 친구 죽습니다. 그래도 괜찮겠습니까, 어르신?"

서문하가 속을 모르게 웃으며 대답했다.

"미안하외다. 저 녀석이 본디 사람 보는 눈이 없는 데다가 어려서부터 부리고만 살아서 그런지 자기 자신을 조금 과대평가하는 면이 있다오. 그렇다고 가문의 종손을 막무가내로 나무랄 수도 없고, 이 늙은이가 매번 아주 난감하지요."

이건 말리는 것도 아니고 말리지 않는 것도 아닌 태도였다. 그저 은근한 경고로 들렸다.

서문세가의 종손이라면 사대독자로 알려진 분뢰검(忿雷劍) 서문청도(西門靑導)이며, 작금의 강호에서 후기지수의 선두를 다투는 무림팔수의 하나이기 때문에 그랬다.

오히려 '이런데도 죽일 수 있다는 것이냐, 정말 서문세가를 적으로 돌릴 수 있다는 것이냐'라는 은근한 위협으로 느껴지는 것이다.

정말 그런 거라면 사람 보는 눈이 없는 것은 서문청도만이 아니라 서문하도 다르지 않았다.

제대로 보고도 이러는 거라면 무언가 다른 속셈이 있다는 뜻이고 말이다.

설무백은 무심한 기색으로 돌아가서 단도직입적으로 물었다.

"저 알고 보면 보기보다 더 무서운 사람인데, 감당하실 수 있겠습니까?"

서문하가 여전히 웃는 낯으로 고개를 저었다.

"솔직히 말해서 자신 없소이다. 하나 어쩌겠소. 어쩔 수 없이 메인 몸이라 그대와 같은 고수가 장강을 건너는 것을 그대로 보고 넘길 수가 없으니 말이오."

이거였다.

서문하가 굳이 시비를 말리지 않은 이유는 설무백은 정체불명의 엄청난 고수이고, 그 자신은 남맹에 적을 두고 있는 사람이기 때문인 것이다.

"솔직해서 좋네요."

설무백은 특유의 미온한 미소를 지으며 말했다.

"저도 솔직하게 말씀드리죠. 저는 남맹과 북련의 싸움에 아무런 관련이 없고, 관심도 없는 사람입니다. 그저 지극히 개인적인 볼일을 보려고 장강을 넘었을 뿐입니다. 그러니 어르신께서는 무리하지 않으셔도 됩니다."

서문하가 심경이 매우 복잡하다는 듯 침음을 흘리며 말을 받았다.

"참으로 난감하구려. 미안하지만 노부가 그대의 말을 믿을 수 있는 다른 증거는 없겠소?"

설무백은 능구렁이 같은 서문하의 말에 못내 불쾌함을 느끼며 말했다.

"제가 어르신께 제 말이 진실임을 증명할 필요성까지는 느끼지 못하겠네요. 하지만 여기서 대충 넘어가면 앞으로의 행보가 심히 불편할 것 같으니, 이렇게라도 성의를 보이도록 하지요."

그는 뚜벅뚜벅 자리를 옮겨서 앞서 흑의복면인이 은신하고 있던 난간 앞으로 갔다.

"이 친구가 어르신의 일행인지 아닌지는 잘 모르겠으나, 아까 제가 침묵하지 않고 이 친구의 존재를 밝혔다면 굳이 장강수로십팔타와 척지는 일은 없었을 겁니다."

그는 난간을 두드렸다.

"미안하지만 너 좀 나와야겠다."

그런데 복면인은 나오지 않았다.

설무백은 미간을 찌푸리며 난간 아래를 살펴보았다.

그리고 절로 황당한 표정이 되었다.

복면인이 사라지고 없었기 때문이 아니었다.

복면인은 여전히 거기 난간 아래 그늘에 거머리처럼 달라붙어 있었다.

다만 그 모습 그대로 혼절해 버린 상태였다.

복면인은 한순간 눈을 떴다.

제아무리 고도의 무공을 수련한 사람이라도 혼절했다가 생경한 장소에서 깨어난다면 당황스러워하는 것이 마땅함에도 복면인은 전혀 그러지 않았다.

그저 차분하게 한 번, 두 번 눈을 깜빡이는 것으로 자신의 실태와 주변의 상황을 단숨에 파악했다.

무공의 고하와 무관하게 고도의 정신력이 없으면 절대 흉내 낼 수 없는 일이었다.

복면인의 심지는 그 정도로 굳건하고 강인했던 것인데, 그런 그의 머리가 빠르게 굴러갔다.

그는 장강수로십팔타의 총단에 잠입해서 임무를 수행하다가 들켜서 도주했다.

그리고 전력을 다한 경공와 수공을 번갈아 가며 수백 리를 이동해서도 미처 뿌리치지 못한 그들의 추적을 피해서 우연찮게 만난 배의 난간 아래 은신해 있다가 잠들었다. 아니, 혼절해 버렸다.

그런데 눈을 떠보니 초롱불이 밝혀진 낯선 방이었고, 자신은 침상에 누워 있었다.

'……어디 객방처럼 생겼는데, 설마 잡힌 건가?'

아직 그것까지는 확신할 수 없었다.

수적들에게 잡혔는데, 이런 객방에 누워 있다는 것도 설명이 되지 않았다.

그때 인기척이 다가왔다.

복면인은 반사적으로 메뚜기처럼 튀어 올라서 문가의 천장에 달라붙었다.

그리고 못내 당황하며 오만상을 찡그렸다.

그제야 자신이 복면만 그대로 쓰고 있을 뿐, 전신이 속옷과 나삼자락으로 바뀌어져 있음을 발견한 것이다.

"이런 젠장……!"

절로 욕설을 뱉던 복면인은 새삼 자신의 실태를 자각하며 급히 입을 닫았다.

그 순간 방문이 열리고, 곱상하게 생긴 미소년 하나가 쟁반에 받친 탕약을 손에 받쳐서 들고 들어오며 퉁명스럽게 말했다.

"까불지 말고 그냥 내려와서 곱게 누워 있어. 그러다가 독기가 재발하면 골로 가는 수가 있으니까."

복면인은 한 방 맞은 눈빛으로 자신의 아래 서 있는 미소년을 내려다보았다.

미소년이, 복면인은 아직 모르지만 대력귀가 고개를 젖히고 시선을 들어서 천장에 달라붙은 복면인을 쳐다보며 인상을 썼다.

"보기 추한데 어서 그만 내려오지?"

복면인이 천장에서 떨어져 내려와 대력귀의 면전에 서며 어이없다는 표정을 지었다.

"야, 너 내가 누군지 알고……?"

"네가 누군지는 몰라도 여기 너보다 못한 사람은 없으니까 닥치고 어서 곱게 누울래?"

"이 새끼가 정말……!"

복면인이 분노하며 순간적으로 손을 내밀어서 대력귀의 목을 잡아갔다.

대력귀가 쟁반을 한 손에 들고 다른 손을 내밀어서 복면인의 손을 막았다.

복면인의 손이 기묘한 각도로 바뀌었다.

대력귀의 손이 별반 무리 없이 그 손길을 따라붙었다.

타닥—!

연속해서 두 번의 공격과 방어가 이루어졌다.

공격을 실패한 복면인이 미끄러지듯 뒤로 물러나며 당황한 눈빛을 드러냈다.

비록 권각술이 장기는 아니나, 그래도 어디 가서 밀릴 거라고는 전혀 생각해 보지 않은 자신의 공격이 너무도 쉽게 막힌 것이다.

하물며 상대는 한 손만 사용했고, 다른 손에 들린 쟁반의 탕약은 조금도 출렁이지 않았다.

공방을 주고받으면서도 내공으로 쟁반의 탕약을 제어하고 있었다는 뜻이었다.

'고수다!'

적어도 내상을 입어서 전력을 다할 수 없는 지금의 자신이 상대할 수 없는 고수라는 결론이 나왔다.

"누구냐, 너?"

복면인이 이제야 긴장하며 묻자, 대력귀가 짜증스럽게 바라보며 탕약을 내밀었다.

"볼 품 없는 몸매 자랑 그만하고 어서 이거나 처먹어. 꼴에 여자라 내가 시중들어야 하는 것도 짜증스러운데, 괜히 독기 재발해서 주군께 눈총 받게 하면 아주 죽는다, 너!"

여자임이 드러난 복면인이 예민하게 대력귀의 말을 알아들으며 눈을 끔뻑거렸다.

"너 계집이었냐?"

대력귀가 한마디만 더 대꾸하면 정말 죽일 것 같은 눈초리로 복면인을 쏘아보았다.

"맞고 먹을래, 그냥 먹을래?"

복면인이 지그시 입술을 깨물며 대력귀가 내민 쟁반의 탕약을 받아서 단숨에 들이켜고는 말했다.

"지금 내가 정상이 아닌 것을 다행으로 여겨라. 안 그랬으면 너 정도는 내가……!"

"그래그래, 어련하겠냐. 잘 알겠으니 그만 닥치고 어서 곱게 누워 있어라."

대력귀가 귀찮다는 듯 손을 내저으며 돌아섰다.

복면인이 다급히 물었다.

"내가 여자인 것도 알고 치료까지 해 주면서도 복면을 벗기지 않은 이유는 대체 뭐냐?"

대력귀가 돌아보지도 않고 밖으로 나가며 대답했다.

"낸들 아냐. 우리 잘난 주군께서 네가 누군지 아는 것보다 누군지 모르는 것이 낫다고 하더라. 아무래도 남의 일에 엮기기 싫어서 그러는 것 같으니, 부디 적당히 쉬다가 눈치껏 조용히 꺼져 주길 바란다."

복면인은 새삼 한 방 맞은 것처럼 굳어졌다가 다급히 대력귀를 불렀다.

"야! 야!"

밖으로 나서서 문을 닫으려던 대력귀가 귀찮다는 표정을 지으며 얼굴을 내밀었다.

"또 뭐?"

복면인이 기다렸다는 듯 복면을 벗어 버렸다.

흑단처럼 검은 긴 머리카락이 출렁 어깨 아래로 늘어지며 복면인의 얼굴이 드러났다.

먹물로 그린 듯이 짙은 눈썹에 반짝이는 눈동자가 자리한 동그란 눈, 바르게 균형 잡힌 코와 작약처럼 붉고 작은 입술 아래로 다듬어진 보석처럼 갸름한 턱선이 절묘한 조화를 이루는 절색의 얼굴이었다.

그 상태로, 그녀가 사내처럼 히죽 웃으며 말했다.

"네 주군이 누군지는 몰라도 뜻대로 해 줄 수는 없지. 나 흑선궁의 감찰사령인 비접 부약운이다. 잊지 말고 전해 줘."

누구라도 놀랄 만한 상황이었다.

흑선궁의 비접 부약운이라면 흑도의 꽃으로 불리며 철혈의 여제라는 남궁세가의 장녀 남궁유아와 더불어 중원최고의 미인이라고 알려진 당대의 여고수인 까닭이었다.

그러나 대력귀는 놀라는 대신 한숨을 내쉬며 고개를 절레절레 흔들었다.

"역시 너도 정상은 아닌 계집이구나."

부약운이 '대체 얘는 뭐지' 하는 표정으로 미간을 찌푸렸다.

대력귀는 그러거나 말거나 그녀를 외면하고 한마디 흘리며 문을 닫았다.

"아까 그 약에 독 탔으니, 어서 운기조식이나 해라."

"뭐, 뭐라고? 야! 너……!"

부약운이 크게 당황하며 고래고래 소리를 질렀으나 대력귀는 대수롭지 않게 돌아섰고, 아무도 없는 복도를 마치 고양이처럼 소리 내지 않고 걸어서 끝에 자리한 계단을 통해 이 층으로 올라서서 거기 초입에 있는 문을 열고 새로운 방으로 들어갔다.

방에는 각기 공야무륵과 서문세가의 사내들이 뒤에 세워둔 설무백과 서문하가 다탁을 마주하고 앉아 있었다.

모두가 방으로 들어서는 그녀에게 시선을 주는 가운데, 설무백이 물었다.

"빨리 왔네? 아직 깨어나지 않았나 보지?"

대력귀는 은근슬쩍 서문하 등의 기색을 살피며 대답했다.

"깨어나서 자기 손으로 약을 먹었어요."

설무백이 의외라는 듯 물었다.

"그래? 고분고분 받아먹던가?"

대력귀는 새삼 서문하 등의 기색을 눈여겨보며 대답했다.

"그럴 리가 있나요. 속이 훤히 다 비치는 나삼자락을 입은 채로 천장에 달라붙어 있던걸요. 잠시 옥신각신하긴 했는데, 이내 포기하고 먹더군요."

"두들겨 팼다는 소리로 들리는군."

"그럴 사이도 없었어요. 애가 소문과 달리 덤벙덤벙해서요. 아무리 자기 몸이 정상이 아니라도 그렇지, 낯선 사람이 주는 약을 그리 넙죽 받아 마시다니, 독이라도 탈 걸 그랬어요."

설무백이 예리하게 그녀의 말을 알아듣고는 고개를 갸웃했다.

"소문과 달리……?"

대력귀는 자신의 실수를 깨달으며 아차 했으나, 내친김에 그냥 밝혔다.

"비접 부약운이에요. 주군 뜻대로 두지는 않겠다면서 스스로 복면을 벗고 정체를 밝히더군요."

설무백은 쓰게 입맛을 다시고는 서문하를 바라보았다.

부약운이라는 이름을 들은 서문하는 못내 당황한 기색을 드러냈다.

그럴 수밖에 없을 터였다.

복면인과 아무런 상관이 없다고 했다.

그러면서도 설무백의 말을 인정하고 넘어간 것은 그 정도 선의를 가진 사람의 말이라면 믿을 수 있기 때문이라고 했고, 또한 그러면서도 설무백 등이 겸사겸사 들어선 여기 객잔까지 따라온 것은 장강수로십팔타의 총단을 뒤집어 놓은 복면인의 정체가 궁금해서라고 둘러댔다.

그런데 복면인의 정체가 흑선궁의 비접 부약운이었다.

엄연히 남맹의 주축을 이루는 흑도방파인 흑선궁의 인물을, 그것도 대외적으로 흑선궁의 궁주보다도 더 유명한 여고수를 같은 남맹의 일원이자 핵심 요인인 서문하가 모른다는 것은 도무지 말이 안 되는 것이다.

설무백은 거두절미하고 말했다.

"흑선궁은 남맹을 구성하는 일흔두 개의 방파 중에서 서른하나를 차지한 흑도방파를 주도하는 구심점이라고 알고 있습니다만?"

서문하가 산전수전 다 겪은 노강호답게 사람 좋은 미소를 지으며 능구렁이처럼 빠져나갔다.

"그렇긴 하오만, 흑선궁이 남맹에 파견한 고수들 중에 부여협은 없소이다. 아마도 이번 일은 남맹을 배제한 흑선궁의 사업에 따른 것이 아닌가 싶구려."

설무백은 내심 절대 그럴 리가 없다는 생각을 했으나, 더는 따지고 싶은 생각도 들지 않았다.

솔직히 말해서 복면인이 흑선궁의 비접 부약운이라는 사실도 놀랍긴 했으나, 그녀보다는 지금 마주하고 있는 서문하와 엮이는 것이 무백은 더 거북했다.

"어르신께서 그렇다면 그런 것이겠지요. 저는 그저 저에 대한 의심이 풀린 것으로 만족합니다. 제가 북련의 밀사였다면 적어도 남맹에 적을 둔 방파를 도우려고 장강수로십팔타와 척을 지는 일을 벌이지는 않았을 테니까요. 아니 그렇습니까?"

서문하가 멋쩍게 웃으며 여부가 있겠냐는 듯 손을 내저었다.

"그거야 이미 본인이 인정하고 넘어간 일이니 굳이 다시 언급할 필요 없소이다."

"뭐든 확실하게 해 두는 것이 좋지요."

설무백은 가볍게 대꾸하고 나서 굳이 말을 돌리지 않고 직설적으로 말했다.

"그리고 오해가 풀린 김에 하나만 부탁드리겠습니다. 제가 갈 길이 바쁜 몸이라서 그러는데, 이제 부 여협은 어르신께서 책임져 주셨으면 합니다. 이런 거 저런 거 다 떠나서 아무래도 부 여협은 저보다야 어르신이 더 편하지 않겠습니까."

"본의 아니게 사정이 이리되었으니 어쩔 수 없구려. 그리하리다."

마지못한 것처럼 승낙하는 서문하의 눈빛이 복잡 미묘한 감정으로 얼룩졌다.

설무백은 그 속내를 익히 짐작하며 대수롭지 않게 덧붙여 말했다.

"아참, 혹시나 해서 미리 말씀드리는 건데, 이번 일에 대해서는 우리 서로 절대 함구하는 것이 좋겠습니다. 제가 본디 귀찮은 일에는 절대 발을 담그지 않는 사람이라 그러니, 부디 부탁드리겠습니다."

서문하가 못내 망설이는 말을 그거 먼저 꺼내서 결정지어 버린 것이다.

서문하가 충분히 만족하면서도 애써 난감한 표정을 지으며 대답했다.

"아, 뭐, 그리 원하신다면야……."

설무백은 더는 망설이지 않고 기꺼운 표정으로 일어나며 정중히 공수했다.

"감사합니다, 어르신. 그럼 언제고 기회가 된다면 다시 뵙기로 하고, 저는 이만 가 보겠습니다."

서문하가 무언가 아쉬운 기색이면서도 굳이 뿌리치지 않고 답례했다.

"아쉽지만 어쩔 수 없지요. 그럼 언제고 인연이 되면 다시 만나기를 기대하겠소."

설무백은 거듭 고개를 숙여 보이는 것으로 작별을 고하며 밖으로 나섰다.

서문하의 입가에 자리했던 미소가 그 순간에 사라졌다.

설무백의 기척이 완전히 사라지기를 기다린 그는 이내 묵직한 침음을 흘리며 중얼거렸다.

"정말 이대로 좋은 것인지 모르겠군."

내내 눈치를 보고 있던 분뢰검 서문청도가 이때다 싶은 태도로 넌지시 끼어들었다.

"마음에 걸리시면 제가 손을 쓰도록 하겠습니다."

서문하는 차가워진 눈빛으로 서문청도를 바라보며 물었다.

"어떻게?"

서문청도가 그의 눈빛이 눈총인지도 모른 채 자신만만하게 대답했다.

"소손 혼자로는 부족한 면이 없지 않아 있을 테니, 막충(莫充)과 태인(太刃), 태영(太影)을 대동해서 협공을 한다면 가능하지 않을까 싶습니다."

서문하는 한숨이 나오려는 것을 애써 눌러서 참으며 말했다.

"우리 잘난 종손이 자신의 부족함까지 드러내면서까지 그런 결단을 내릴 줄은 정말 몰랐군. 장하다 장해. 그런데 너는 이 늙은이가 그걸 몰라서 이리 죽치고 서서 한숨만 내쉬고 있다고 생각하는 게냐?"

"아, 아니, 저는 다만……!"

서문청조가 이제야 그의 심기를 눈치채고 새파랗게 질려서 말을 더듬었다.

서문하는 어지간하면 화를 내지 않지만, 일단 한 번 냈다

하면 그냥 넘어가는 법이 없는 사람임을 그는 익히 잘 알고 있었기 때문이다.

그런데 다행히도 오늘은 그냥 넘어갈 모양이었다.

서문하가 끌끌 혀를 차며 눈총을 주면서도 더는 꾸짖지 않고 말했다.

"괜한 소리 말고 너는 어서 가서 부 여협의 상세나 살펴 보거라."

서문청도가 기꺼이 서둘러서 방을 나갔다.

서문하는 그 모습을 보며 세삼 혀를 차고는 이내 곁에 서 있던 수하에게, 바로 앞서 배에서 봇짐을 풀어헤치던 서문세가의 가신인 막충에게 시선을 주며 말했다.

"무서운 인물이다. 내 어찌 저런 인물이 있음을 아직까지 모르고 있었는지 참으로 알다가도 모르겠구나. 네게 전권을 줄 터이니, 가문의 힘을 총동원해서라도 저자의 정체와 신상을 알아 보거라."

"옙, 알겠습니다!"

다부지게 대답하며 고개를 숙인 막충이 이내 조심스럽게 물었다.

"한데, 남맹에는 어찌해야 할지……?"

서문하가 잠시 숙고하고 나서 말했다.

"아직 주변에 알릴 필요까지는 없지만, 이미 부 여협이 무언가 낌새를 차렸을 테니 알리지 않을 도리가 없겠구나. 내가 알아서 처리하마."

　막충이 두 말없이 고개를 숙이며 돌아섰다.

　그때 수선스러운 인기척과 함께 방문이 열리며 서문청도가
뛰어 들어와서 말했다.

　"없는데요?"

확장풍잔擴張風棧 (5)

객잔을 나선 설무백은 곧장 형문산(荊門山)으로 향했다.

의창부의 부둣가에서 배를 타고 장강을 건넜고, 바로 강변 인근의 객잔을 잡았던 터라 형문산까지는 그리 멀지 않았으나 그는 발길을 서두르고 있었다.

늦어도 아주 많이 늦었다.

애초의 계획대로라면 벌써 형문산에서의 볼일을 끝내고도 남았을 시기였다.

괜한 시비에 휘말리는 바람에 적잖은 시간을 허비한 것인데 설상가상(雪上加霜), 그 시비로 인해 의도치 않게 남맹의 주목을 받을지도 모르는 입장이 되어 버렸다.

비접 부약운을 굳이 서문하에게 넘기고 나선 것도 그런 이유에서였다.

그는 여전히 서문하를 전적으로 신임하지 않고 있었다.

남맹의 영역인 강남에서 처리해야 할 문제가 적지 않은 마당에 남맹의 주목을 받는다는 것은 매우 심각한 걸림돌인지라 못내 마음이 조급해진 그였다.

그런데 복은 따로 와도 화는 따로 오지 않는다더니, 과연 그랬다.

형문산을 등지고 자리한 목적지인 약산현(略刪縣) 어귀의 제(制) 씨 육방(肉房)이, 즉 제 씨 성을 가진 사람이 운영하는 푸줏간이 잿더미가 수북이 쌓인 폐가로 변해 있었다.

설무백은 혹시나 하고 막 장로에게 전해 받은 양피지의 내용을 한 번 더 확인했다.

틀림없었다.

그때 대력귀가 부서진 담벼락 내부의 무너진 처마 속을 뒤적이며 중얼거렸다.

"고기나 사려고 장강을 넘지는 않았을 테고, 여기 주인을 찾는 거라면 떠난 지 그리 오래된 것 같지는 않네요. 불과 며칠 전에 일어난 화제니 수소문해 보면 금방 찾을 수 있겠는걸요. 살아 있다면 말이지만."

"누가 고의로 낸 불이라는 건가?"

"아마도요."

대력귀의 예상대로였다.

마을로 들어와서 수소문해 본 결과 제 씨 푸주간의 화재는 누군가 고의로 저지른 짓이었다.

다만 사람들은 누구의 짓인지를 밝히는 것은 매우 꺼려했다.

다들 두려워하는 기색이었다.

"간단하게 해결할 수 있는 방법이 하나 있습니다만?"

"어떻게?"

"저들이 두려워하는 그 누구보다 더 두렵게 행동하면 되죠."

대력귀의 제안이었다.

설무백은 쓰게 입맛을 다시는 것으로 그녀의 제안을 외면하며 마을의 저잣거리에 있는 번듯한 주루 하나를 골라 들어가서 장궤를 불렀다.

"무슨 일이신지……?"

설무백은 말없이 품에 지니고 있던 하오문의 무상금패를 꺼내 보였다.

머리가 듬성듬성 빠진 사십대의 장궤는 무상금패를 잠시 유심히 보더니, 슬며시 미간을 찌푸렸다.

"그걸 은자로 바꾸시려는 거라면 죄송합니다. 보다시피 우리처럼 작은 주루에 그만한 은자가 어디 있겠습니까."

설무백이 내심 아직은 아닌가 싶어서 쓰게 입맛을 다시며 돌아서는데, 장궤가 넌지시 붙잡았다.

"그러지 말고 잠시 안으로 드시지요. 어쩌면 제가 아는 당포에서 바꾸실 수 있을지도 모르겠습니다."

장궤는 이대로 큰손을 놓치기 싫다는 듯이 설무백을 붙잡았다.

설무백은 그게 다가 아니라는 것을 직감하며 장궤를 따라서 객청과 붙은 내실로 들어갔다.

아니나 다를까, 장궤는 내실로 들어오기 무섭게 넙죽 바닥에 엎드려서 머리를 조아렸다.

"주결제자(宙結弟子) 왕보(王甫)가 태상문주(太上門主)님께 인사드립니다. 보는 눈이 있어 잠시 불손하게 굴었음을 용서해 주십시오."

설무백은 절로 반색했다.

혹시나 했는데, 과연 지난날 석자문의 보고는 추호도 거짓이 없는 사실이었다.

어느새 장강 너머 강남에까지 하오문의 체계가 구축되어 있었던 것이다.

"다름이 아니라, 마을 어귀에 있는 제 씨 육방에 대해서 알아보려고 한다. 대체 무슨 일이 있었던 건가?"

왕보가 감히 고개조차 들지 못한 채 엎드려서 대답했다.

이해할 수 있었다.

지난날 석자문의 설명에 따르면 하오문의 체계는 석자문를 비롯한 구룡자부터 시작해서 천자문의 항렬인 천지현황(天地

玄黃), 우주홍황(宇宙洪荒)으로 이어지는 점조직이었다.

요컨대 같은 항렬은 형제처럼 서열의 고하가 없이 평등하고, 모든 항렬의 형제들은 바로 위 항렬의 형제들과 바로 아래 항렬의 형제들만 알고 있으며, 그에 따라 명령을 받거나 지시를 내린다는 식의 조직 체계였다.

일면 극단적으로도 볼 수 있는 그런 하오문의 조직 체계는 기실 누군가의 정체가 드러나더라도 조직선의 일부만 드러나고, 무엇보다도 윗선이 드러나는 것을 막으려는 선택이었다.

천하대방인 개방과 비교되는 인원을 가졌음에도 이렇다 할 진산절예 하나가 없어서 파락호의 집단으로까지 치부되는 하오문이 끈질긴 생명력을 가질 수 있었던 이유가 바로 거기에 있었다.

지금 보이는 왕보의 태도는 그와 같은 조직 체계의 연장선으로, 여타 문파와 단순 비교하면 주결제자인 왕보는 육대제자급에 속하는지라 언감생심 문주인 설무백과 시선을 마주할 엄두조차 내지 못하고 있는 것이었다.

그런데 아쉽게도 그런 왕보의 입에서 나온 말은 반색하던 설무백의 미간을 절로 찌푸리게 만드는 것이었다.

"형문파(荊門派)의 소행입니다."

형문파는 형문산의 호랑이로 알려진 명문 정파였다.

비록 구대 문파와 비교할 정도는 아니나 오랜 역사와 전통

을 자랑하는 형문파는 대대로 강남의 검호를 배출한 검도명
문이며, 무엇보다도 남맹에 소속되어 있었다.

"형문파가 왜 일개 육방을 불태웠다는 거지?"

"제 씨 육방의 아들인 제연청(制燕靑)이 형문파의 금지옥엽
인 매설아(梅雪阿)를 추행했다는 것이 대외적으로 알려진 이유
지만, 실제는 마실 나왔던 매설아가 우연찮게 제연청을 보고
는 첫눈에 반했기 때문입니다."

설무백은 자세한 얘기를 듣지 않고도 대번에 전후사정을 추
론할 수 있었다.

천민 중에서도 천민에 속하는 육방의 핏줄을 명문 정파에
서 인정하는 일은 없을 테니까.

"그래서 제연청은 죽었나?"

"죽지는 않았습니다만 죽은 것과 다름없습니다. 사지가 짓
이겨진 채로 형문파의 뇌옥에 갇혔으니까요. 사실 처음에는
멍석말이 한 번으로 넘어가나 했는데, 그 광경을 지켜보던 노
모가 격분해서 쓰러지는 바람에 그리 되었습니다. 제연청이
흥분해서 날뛰니까 형문파가 그리 심하게 손을 썼다는……."

"제연청이 그냥 당했단 말인가?"

"형문파의 문주인 자청검(紫靑劍) 매요신(梅曜迅)이 직접 측근
의 수하들을 거느리고 나섰는데, 육방에서 고기나 썰던 애가
어찌 감당하겠습니까. 그나마 매설아가 그 자리에서 울고불
고 난리를 쳐서 겨우 목숨을 부지했다고 들었습니다."

"······?"

설무백은 내심 고개를 갸웃거렸다.

그럴 리가 없었다.

그가 가진 전생의 기억에 따르면 제연청은 그저 육방에서 고기나 썰던 사내가 아니었다.

제연청은 혈영과 같은 부류였다.

즉, 내로라하는 명문 정파의 그늘에서 전문적으로 살인 기예만을 수련한 절정의 도살자였다.

설무백은 그런 제연청이 참을 수밖에 이유를 되짚어 보다가 문득 깨달으며 물었다.

"제연청의 노모가 그 자리에서 깨어나셨나?"

"아니, 그걸 어떻게 아십니까?"

왕보가 놀라서 고개를 쳐들었다가 이내 재빨리 다시 머리를 조아리며 말했다.

"예, 그렇습니다."

"제연청의 노모는 지금 어디에 있지?"

"평소 친하게 지내던 지인분이 보살피고 있습니다. 죄책감이 들어서인지 형문파의 제자들이 돕고 있다는데, 화병으로 몸져누우셨답니다. 원래 지병이 있으셨던 데다가 이번 사달을 겪으면서 기력이 예전만 못해지셔서 그리 오래 사시지는 못할 것 같다는 얘기를 얼핏 들었습니다."

설무백은 이제야 충분히 납득했다.

노모 때문이었다.

제연청은 당시에는 물론 지금까지도 노모의 안위가 걸려서 본색을 드러내지 않고 있는 것이었다.

그는 나름 생각을 정리하며 물었다.

"지금 형문파에 남아 있는 인원이 얼마나 되지?"

"전력의 반수 정도가 남맹의 총단으로 파견 나갔으니, 대략 이백 정도로 알고 있습니다."

"좋아, 고맙다. 정말 크게 도움이 되었다."

"천만에 말씀이십니다. 그보다 제가 더 도움을 드릴 일은 없는지요?"

"딱 하나 더, 지금 당장 가서 제연청의 노모를 안전한 곳으로 모셔라."

"옙, 알겠습니다!"

왕보는 두 말없이 고개를 숙이며 대답했다.

설무백은 그런 왕보의 태도에서 석자문이 주도하는 하오문의 체계가 얼마나 견고하게 자리를 잡아 가고 있는지를 새삼 실감하며 기꺼운 마음으로 주루를 나섰다.

저잣거리로 나서기 무섭게 대력귀가 무백에게 물었다.

"그 제연청이라는 사내가 주군께서 찾는 인물인 것 같은데, 이제 어쩌실 생각이시죠?"

설무백은 슬쩍 시선을 주며 되물었다.

"왜? 내가 남맹에 소속된 정도 문파를 건드릴까 봐 걱정되나?"

대력귀가 천만에 말씀이라는 표정을 지으며 대답했다.

"아니요. 그 반대인데요?"

"반대?"

"싸움을 피하면 원하는 것을 얻을 수 없는 법입니다. 무엇보다 상대가 강하다고 피하는 것은 무인의 도리가 아니지요."

설무백은 짐짓 곱지 않은 눈초리로 그녀를 쳐다봤다.

"이건 어째 아까 뱃전에서 보여 준 태도와 상반되는 것 같은데? 거기서는 입 닥치고 조용히 있으라고 했잖아?"

대력귀가 태연하게 대꾸했다.

"사람은 늘 배우며 살죠. 저도 아까 그 일을 겪고 나서 배웠습니다. 아니, 알고는 있었으나, 무심코 간과하고 있던 사실을 새삼 깨달았다고 해야겠네요. 명성은 때로 어려운 일을 쉽게 만든다는 사실을 말입니다."

설무백은 누구를 두고 하는 말인지 대번에 느낄 수 있었다.

그와 서문하를 두고 비교하는 말이었다.

서문하는 명성 하나만으로 싸움을 피할 수 있었으나, 무명인 그는 결국 싸울 수밖에 없었다.

서문하와 비교해서 절대 못하지 않은 상관이 무시당하는 것이 못내 분했던 것일까?

대력귀가 계속 말했다.

"명성은 계절만 지나가면 절로 떨어지는 감처럼 거저 생기는 물건이 아니죠. 싸움을 피하기만 해서는 절대 생기지 않고 말입니다."

"그러니 이제라도 상대가 누구든 싸워서 명성을 쌓아라?"

"사실 이건 전적으로 주군이기에 하는 말입니다."

대력귀는 전에 없이 진지하게 말하고 있었다.

그녀는 그렇게 또 강조했다.

"주군이기에 가능한 말이라는 소립니다."

설무백은 묻지 않을 수 없었다.

"어째서?"

대력귀가 힘주어 대답했다.

"주군은 난주의 밤을, 아니, 난주의 하늘을 지배하는 풍잔의 주인이며, 하오문의 태상문주이자, 태산파의 장문인이십니다. 아무리 숨은 고수가 좋아도 그렇지, 대체 언제까지 조무래기들의 시비를 다 받아 주실 겁니까?"

"장강수로십팔타의 무풍마간 백천승이 조무래기는 아니지 않나?"

대력귀가 뭐라고 답하기도 전에 공야무륵이 끼어들며 그녀의 말에 동조했다.

"주군에 비하면 조무래기지요. 백천승 따위가 어찌 주군과 비교할 수 있겠습니까. 태양 앞에 반딧불이지요."

설무백은 그저 웃었다.

칭찬은 고래도 춤추게 한다더니, 일면 크게 부풀린 과장이

천하제일
주인

라고 생각하면서도 전혀 싫은 기분이 아니었다.

"좋아, 그럼!"

그는 이내 특유의 미온한 미소를 짓고는 마치 뒷골목 건달처럼 머리를 좌우로 기울여서 우두둑 소리를 내며 기꺼이 장단을 맞추었다.

"백천승 따위의 조무래기들이 시비를 걸 엄두도 내지 못하게 어디 한번 제대로 싸워 보도록 하지!"

백천승이 들었다면 분노에 겨워서 혀라도 깨물고 싶을 말이었다.

그러나 조금 과장되었을지는 몰라도 그냥 하는 말이 전혀 아니었다.

대력귀처럼 심도 깊은 생각을 한 것은 아니지만, 애초에 그도 싸움을 피할 생각이 전혀 없었다.

내색은 삼갔으나, 그는 이미 어떤 대가를 치르더라도 제연청을 구해 내기로 작심하고 있었던 것이다.

그런 마당에 심하고 심하지 않고의 차이가 무슨 대수인가.

설무백은 그런 생각을 하며 발걸음을 재촉해서 형문산의 동편 산자락을 치마처럼 두른 형문파의 대문을 부서져라 거칠게 두드렸다.

그리고 그의 거친 두드림에 인상을 쓰며 대문을 열고 나선 사내들을 향해 말했다.

"매요신 있나? 있으면 좀 불러라. 내가 좀 할 얘기가 있다."

"이놈 뭐야?"

"미친놈인가?"

"대가리에 피도 안 마른 새끼가 감히 여기가 어디라고 와서 행패를 부리고 지랄이야!"

형문파의 사내들이 저마다 어이없다는 태도로 오만상을 찡그렸다.

대번에 칼을 뽑아 드는 자도 있었다.

설무백은 첫눈에 아직 미숙한 사내들의 기도를 파악하고는 짧게 말했다.

"죽이지는 마라."

공야무륵에게 하는 말이었다.

그가 순간적으로 튀어 나가고 있었기 때문이다.

사내들이 놀라 기겁하며 방어에 나섰지만, 이미 늦었고, 설사 늦지 않았어도 전혀 소용이 없었다.

일진광풍처럼 일어난 기세가 사내들을 치고 때리며 사납게 밀어붙였다.

"컥─!"

"크악─!"

둔탁한 타격음과 비명이 동시에 울리고.

꽝─!

폭음이 터졌다.

타격과 함께 밀려든 강력한 압력에 속절없이 날아간 사내들이 대문에 처박힌 것이었다.

대문이 부서지며 뒤로 넘어갔다.

형체가 흐릿하던 공야무륵의 모습이 그제야 선명하게 나타났다.

쓰러진 대문을 밟은 채 우뚝 서 있는 그의 두 손에서 삼엄한 경기가 이글거리고 있었다.

설무백은 절로 이채로운 눈빛을 드러냈다.

공야무륵의 두 손에 각기 서로 다른 두 자루 도끼가 들려 있었기 때문이다.

평소 공야무륵이 몸에 지니고 다니는 도끼는 세 자루였다.

거북이 등딱지처럼 늘 등에 매달고 다니는 대월(大鉞), 즉 사라철목 자루에 날을 세우지 않은 큰 도끼인 혈인부와 허리에 차고 다니는 각기 다른 두 자루 도끼가 그것이었다.

지금 그가 양손에 든 것이 바로 그 허리에 끼고 다니던 두 자루 도끼였다.

하나는 손잡이가 짧고 양쪽에 달린 날이 반월형으로 크게 휘어져서 얼핏 보면 륜(輪)처럼 보이는 양인부(兩刃斧)이고, 다른 하나는 비교적 손잡이가 길며 한쪽에는 정처럼 생긴 쇠꼬챙이가, 다른 한쪽에는 밋밋한 부채처럼 펼쳐진 날을 가진 기문병기인 낭아부(狼牙斧)였는데, 그는 그간 두 자루 도끼를 다 사용하는 경우가 한 번도 없었다.

아는 사람만 아는 얘기지만, 그는 아직 세 단계의 부법(斧法)

으로 나누어진 성명절기인 마라추살부법(魔羅追殺斧法)중에서 두 자루 도끼로 펼치는 이단계의 초식인 뇌화추혼부(雷火追魂斧)을, 일명 뇌부(雷斧)를 제대로 연성하지 못했기 때문이었다.

그런데 지금 공야무륵은 두 자루 도끼, 양인부와 낭아부를 꺼내들고 있었다.

이는 그가 마침내 마라추살두법의 이단계인 뇌부를 연성했다는, 적어도 연성할 수 있는 돌파구를 찾았다는 뜻이었다.

설무백이 그렇듯 공야무륵도 눈부시게 빠른 성장을 이어나가고 있었던 것이다.

설무백은 전에 없이 피식 웃었다.

"자랑이야?"

공야무륵이 멋쩍은 표정으로 딴청을 부리다가 이내 그를 쳐다보며 누런 이를 드러냈다.

"아직 미숙합니다만, 일단은 뭐 그렇습니다. 흐흐……!"

설무백은 흐뭇한 마음에 굳이 미소를 감추지 않으며 말했다.

"좋아, 어디 한번 길을 열어 봐라."

"옙!"

공야무륵이 대답과 동시에 웃음기를 지우고 부서진 대문을 걷어차며 안으로 들어갔다.

그때 암중에서 따르던 혈영과 사도가 그의 곁에 모습을 드러냈다.

"저희들도!"

설무백은 대답 대신 가볍게 고개를 끄덕이는 것으로 허락했다.

혈영과 사도가 공야무륵의 좌우로 붙었다.

설무백은 묵묵히 그들의 뒤를 따라서 대문 안으로 들어갔다.

대문 안에서는 이미 난리가 나고 있었다.

"뭐야? 벼락이라도 친 거야?"

"맑은 하늘에, 아니, 별빛이 총총한 하늘에 벼락은 무슨, 어디 해묵은 똥간이라도 터진 거겠지."

"똥간이 왜 터져?"

"오래된 똥간은 부싯돌 한 번 잘못 놀리면 그대로 터져 버린다고. 내가 전에 봤다니까."

공야무륵의 일격이 일으킨 소음이 적지 않은 사내들을 깨워 놓은 상태였다.

대문 안쪽에 펼쳐진 연무장으로 몰려나와 한가한 소리를 지껄이던 사내들이 뒤늦게 설무백 등을 발견하고 소리쳤다.

"저, 적이다!"

"적이 침입했다!"

사내들이 허겁지겁 칼을 뽑아 드느라 수선을 피는 가운데, 어디선가 다급한 경종이 울렸다.

사방에서 불이 밝혀지기 시작하고, 연무장 너머에 자리한

전각과 전각 사이에서 횃불을 밝혀 든 사내들이 우르르 몰려
나왔다.

공야무륵이 슬쩍 설무백을 돌아보았다.

그대로 처리해도 좋으냐는 질문의 눈빛이었다.

설무백은 무심하게 말했다.

"시끄러우면 알아서 나서겠지."

남맹이나 북련이나 대다수 문파의 수뇌들은 정예들을 이끌
고 총단을 지원하고 있었다.

형문파도 다르지 않을 텐데, 수뇌부의 누가 지원을 나가고
누가 남아서 집을 지키고 있는지는 모르겠으나, 소란이 일어
나면 알아서 나설 것이다.

공야무륵이 제대로 알아듣고는 새삼 누런 이를 드러내며
몰려나온 사내들을 향해 뚜벅뚜벅 걸어갔다.

병기를 뽑아 든 혈영과 사도가 그와 보조를 맞추듯 좌우로
거리를 벌리고 있었다.

"어⋯⋯?"

몰려나온 사내들이 그들의 기세에 눌려서 주춤거렸다.

대력귀가 그 모습을 보며 툴툴거리듯 말했다.

"한밤중에 적이 난입했는데도 저리 굼뜨게 눈치나 보고 있
다니, 아무래도 형문파의 명성은 크게 부풀진 것 같네요. 주군
은 전혀 나설 필요가 없겠는걸요."

설무백은 무심하게 말을 받았다.

"동료들을 너무 무시하는 거 아냐? 여기 문주가 나서도 저들 앞에서 쉽게 칼을 뽑아 들지 못한다는 것에 내 손모가지를 건다."

사내들을 향해 느긋하게 다가가던 공야무륵이 그의 말을 귀담아 들은 것처럼 히죽 웃고는 순간적으로 튀어나갔다.

혈영과 사도도 그에 뒤질세라 각기 좌우로 미끄러져 나가며 사내들을 덮쳤다.

"으악!"

"크아악!"

장내가 삽시간에 아수라장으로 변했다.

동시다발적으로 비명이 터지며 피가 튀고 살점이 난무했다.

제풀에 놀라서 쓰러지거나, 물러나는 동료에게 밀려서 자빠지는 자들이 속출하고 있었다.

말 그대로 늑대가 양 떼 우리에 뛰어든 모습이었다.

그렇다고 마구잡이식의 도살이 벌어지는 것은 아니었다.

공야무륵과 혈영, 사도는 설무백의 명령에 따라 정말 죽지 않을 정도의 상처와 타격만 주면서 형문파의 사내들에게 쓰러트리고 있었다.

얼추 백여 명에 달하는 형문파의 사내들이 고작 그들, 세 명에게 완전히 압도되어 처참하게 농락당하고 있는 것이다.

그럴듯한 인물들이 나타난 것은 그때였다.

"멈춰라!"

뒤쪽에서 대갈일성이 터졌다.

전각과 전각 사이에서 횃불을 들고 나타난 무리의 선두에서 터져 나온 외침이었다.

그러나 우습지 않게도 그 외침은 오히려 형문파의 사내들에게 악재로 작용했다.

형문파의 사내들은 그 외침에 따라 주춤하며 물러났으나, 공야무륵 등은 전혀 상관하지 않았기 때문이다.

"컥!"

"크윽!"

연이어 비명이 터지는 가운데, 공야무륵이 그대로 솟구쳐서 고함을 지른 무리를 향해서, 정확히는 그 무리의 선두에 있는 청삼 노인을 노리고 비호처럼 날아갔다.

"감히 어딜……!"

청삼 노인의 곁을 따르던 두 명의 중년 사내가 반사적으로 검을 뽑고 나서며 공야무륵을 맞이했다.

공야무륵의 두 손이 간발의 차이를 두고 차례대로 중년 사내들을 휩쓸었다.

왼손의 양인부로 사내들이 뻗어 내는 검을 쓸어 버리고, 오른손의 낭아부로 사내들의 가슴을 긁어 버리려는 마부의 한 초식, 단혼(斷魂)이었다.

사실을 말하자면 가슴을 쓸어 내고 목을 친다는 필살의 초식이었으나, 죽이지는 말라는 설무백의 지시에 따라 목을 가슴으로 바꾸며 힘까지 적당히 조절한 공격이었다.

그런데 그게 실수였다.

까강—!

거친 금속음과 함께 불똥이 튀며 중년 사내들의 검이 옆으로 밀려나가긴 했으나, 그게 다였다.

중년 사내들이 그와 동시에 반사적으로 물러나서 이어지는 공야무륵의 공격인 낭아도를 회피했다.

중년 사내들이 물러나는 그 순간, 그들 두 사람의 사이를 비집고 나온 예리한 섬광이 공야무륵을 찌르고 들어왔다.

중년 사내들이 호위하던 청삼 노인의 검극이었다.

헛손질로 자세가 틀어진 공야무륵은 이미 막기에는 늦었음을 직감하며 그대로 번신(翻身)의 신법을 발휘해서 측면으로 날았다.

취리릿—!

간발의 차이를 두고 청삼 노인의 검극이 그의 가슴을 훑고 지나갔다.

순간적으로 자세를 바로 하며 지면으로 내려 선 공야무륵은 길게 잘려 나간 자신의 가슴 옷깃을 확인하며 분노를 터트렸다.

그러나 방어가 먼저였다.

청삼 노인의 검극이 어느새 호선을 그리며 돌아서 그의 지근거리로 다가와 있었다.

"쳇!"

공야무륵은 분노를 삼키며 본능처럼 양인부와 낭아부를 교차해서 청삼 노인의 검극을 막았다.

챙-!

요란한 금속음이 터지며 사방으로 불꽃이 튀었다.

엄청난 반탄력이 일어나서 공야무륵의 도끼들이 부르르 떨리고, 붉은 기운이 서린 청삼 노인의 고검이 무섭게 진동했다.

공야무륵은 손아귀가 찢어질 것 같은 그 반탄력을 무시하며 빠르게 움직였다.

양인부를 좌측으로 당김과 동시에 높이 쳐든 낭아도를 수직으로 내리찍는 공격이었다.

그러나 실패였다.

양인부의 서슬로 당긴 고검이 미꾸라지처럼 속절없이 빠져나가면서 수직으로 떨어지는 낭아도를 막았다.

쩡-!

둔탁한 금속음이 터지며 공야무륵의 신형이 절로 밀려 나갔다.

청삼 노인의 고검은 단순히 그의 낭아부를 막은 것이 아니라 엄청난 힘으로 걷어 냈었던 것이다.

그리고 곧바로 반격이 이어졌다.

청삼 노인이 뻗어 낸 붉은 빛의 고검이 거짓말처럼 공야무륵의 면전으로 육박해 들었다.

공야무륵이 밀려 나는 것과 동시에 청삼 노인이 달려들었기 때문에 그들의 거리는 조금도 떨어지지 않았고, 그 상태에서 뻗어진 청삼 노인의 검극은 공야무륵에게 매우 치명적이었다.

하지만 공야무륵은 피하거나 막기는커녕 오히려 입가에 미소를 머금고 앞으로 나서며 어깨를 내밀었다.

그의 양손에 들린 양인부와 낭아부가 각기 하단과 상단으로 늘어지며 높이 쳐들리는 것과 동시에 취한 반응이었다.

동패구사(同敗具傷), 아니, 살을 내주고 뼈를 취하겠다는 육참골단(肉斬骨斷)의 수법이었다.

상대의 공격을 어깨로 받아 내고 그 대가로 상대의 목을 치려는 것이었다.

단순한 공격이 아니라 막강한 검기를 내포하는 검격이라 어깨가 통째로 으스러질지도 모르는 일이었으나, 그는 추호도 주저하지 않았다.

순간, 청삼 노인의 눈빛이 흔들렸다.

낭패한 기색이었다.

공야무륵의 의도를 간파한 것인데, 그에게는 다른 방도를 강구할 여유가 없었다.

그때.

채챙―!

어디선가 다가온 한줄기 섬광이 청삼 노인의 고검을 저만치 걷어 내고, 발동하기 시작한 공야무륵의 양인부와 낭인부의 진로를 막아 버렸다.

그리고 뒤따르는 엄청난 압력이 전해졌다.

"크으……!"

공야무륵과 청삼 노인이 동시에 억눌린 신음을 흘리며 마치 누가 뒤에서 잡아당기는 것처럼 사정없이 밀려 나가 거리를 벌렸다.

그런 두 사람의 사이에 거무튀튀한 양날 창, 흑린을 어깨에 걸친 설무백의 신형이 유령처럼 홀연히 나타났다.

찰나지간, 설무백이 나서서 그들의 격돌을 막아 내고 튕겨 나가게 만든 것이다.

공야무륵은 못내 어두워진 안색으로 고개를 숙였다.

자신의 부족함으로 설무백이 나섰다고 생각해 부끄러워하는 것이었다.

반면에 청삼 노인, 형문파의 최고원로이자, 검술에 관한한 문주인 자청검 매요신조차 한 수 양보한다고 알려진 자홍검(紫紅劍) 매정광(梅靖匡)은 경악과 불신에 찬 눈빛으로 설무백을 바라보고 있었다.

무인이라면, 아니, 무인이기에 당연한 반응이었다.

두 무인이 격돌하는 순간에 끼어들어서 떼어 놓으려면, 그것도 지금처럼 아무런 손해도 입지 않을 정도로 무리 없이 떼어 놓으려면 그들이 합쳐진 공력보다 배 이상 높은 공력을 소유하고 있어야만 가능했다.

그런데 고작 약관이나 될까 말까해 보이는 설무백이 그런 엄청난 신위를 보이니, 도무지 믿을 수가 없는 것이다.

설무백은 심연처럼 깊게 가라앉은 눈빛으로 그렇게 놀라는 매정광을 바라보며 특유의 미온한 미소를 흘렸다.

"썩어도 준치라는 건가?"

매정광이 애써 충격을 가라앉힌 기색으로 입을 열었다.

대답이 아니라 오히려 질문이었다.

"무림에 그대 같은 자가 있다는 얘기는 들어 본 적이 없다. 대체 그대는 누군가?"

설무백은 같잖은 언행이 눈에 거슬려 불쾌하다는 듯이 차가운 표정으로 대꾸했다.

"노인장, 자신을 너무 과대평가하는 거 아냐? 고작 천하 백대 고수의 말석도 차지하지 못한 실력을 가지고 부끄럽게 어찌 그런 생각을 다 하나?"

매정광의 얼굴이 볼썽사납게 일그러졌다.

하지만 설무백은 그에 상관하지 않고 무심하게 본론을 꺼냈다.

"아무튼, 시끄럽고. 제연청을 데리러 왔다. 내줄 수 있지?"

매정광이 선뜻 대답하지 않고 머뭇거렸다.

그의 질문에 대한 대답을 생각하는 것이 아니라 아직도 그가 대체 누구고 어떤 인물인지 생각하느라 정신이 없는 것 같았다.

설무백은 괜한 시간을 허비하고 싶지 않아서 솔직한 속내를 아끼지 않고 드러냈다.

"어려운 일 아니야. 하나만 결정하면 되니까. 제연청을 내주든가, 아니면 죽든 살든 나를 감당해 보든가."

그는 급변하는 매정광이나 주변 사내들의 표정에도 상관없이 무심하게 손바닥을 펼쳐서 내보이며 덧붙여 말했다.

"지금부터 셋 셀 테니까, 그 안에 결정해. 하나!"

"대체 그대는 누군가?"

매정광이 다급하게 다시 물었다.

설무백은 무심하게 두 번째 손가락을 꼽았다.

"둘!"

매정광의 얼굴이 곤혹스럽게 일그러졌다.

어쩔 수 없었다.

설무백의 신위에 완전히 압도당한 그는 고민하고 또 고민하고 있었다.

그가 본 설무백은 확실히 보통이 아니었다.

그저 시선을 마주하고 있는 지금만 해도 마치 얼음장에 누워 있는 것 같은 한기가 느껴졌다.

진한 살기가, 그것도 그냥 막무가내로 상대를 죽이겠다는 살기가 아니라 얼마든지 그를 죽일 수 있다는 확신을 가진 살기가 그를 무지막지하게 짓누르고 있었다.

도저히 대적할 수 없었다.

그가 감당할 수 있는 상대가 전혀 아니었다.

매정광은 적어도 그 정도는 능히 알아볼 수 있는 눈을 가진 고수였다.

그런데 지금 여기는 형문파의 영내고, 그의 주변에는 백여 명의 수하들이 늘어서 있었다.

하물며 지금 그의 곁에 늘어선 수하들은 앞서 당해서 쓰러진 자들과 달리 평소 그가 믿고 의지하던 형문파의 정예들이었다.

과연 이런대도 그가 고개를 숙여야 하는 것일까?

비록 문주를 비롯한 핵심 수뇌들과 반수 이상의 정예들이 남맹으로 파견 나갔다고는 하나, 명색이 무당파를 제외하면 하남성의 사대문파 중 하나로 명성을 떨치는 형문파가 자신으로 인해 그런 수치와 오명을 뒤집어쓰는 것이 진정 옳은 선택인 것일까?

그때 설무백이 밋밋한 미소를 입가에 머금으며 세 번째 손가락을 꼽았다.

"셋!"

매정광은 재빨리 말했다.

"그리하리다! 제연청을 내주겠소!"

설무백은 손가락을 꼽던 손을 내려서 팔짱을 꼈다. 그리고 거만하게 지시했다.

"데려와."

매정광은 지그시 어금니를 악물었다.

피가 끓었다.

건방진 자식! 형문파가, 아니, 내가 하남무림에서 수위를 다투는 검객이며, 무당파의 제자들조차 감히 함부로 대하지 않는 이 자홍검 매정광이 그리도 우습게 보인다는 거냐!

매정광은 새삼 분노가 일면서 싸늘해지는 기분을 느꼈다.

발바닥이 간질거리고 손이 근질거렸다.

검을 뽑아서 단숨에 목을 베어 버리고 싶은 마음이 굴뚝같았다.

가능성도 충분히 보였다.

놈은 지금 팔짱을 낀 방만한 자세로 서 있지 않은가.

내심 경계하고 있어도 저 상태에서 방어를 하거나 공격으로 전환하려면 애초에 대치하고 있을 때보다 배 이상의 시간이 걸릴 것이 뻔했다.

그리고 자랑도 자만도 아니었으나, 그 정도 시간이면 설령 무백이 그보다 월등한 고수라고 해도 단번에 목을 베어 버릴 수 있는 실력이 그에게는 있었다.

매정광은 그런 상상을 하며 은연중에 살기를 끌어 올리다가 이내 포기하고는 한숨을 내쉬었다.

어쩔 수 없었다.

그저 그를 지그시 바라보는 상대, 설무백의 그윽한 눈빛이
문제였다.

도무지 깊이를 가늠하기 어려운 그 눈빛이 끓어오르던 그
의 자신감을 허무하게 무산시키고 두려움을 안겨 주었다.

본능이 그에게 경고했다.

이자는 대적할 수 없다!

매정광은 이제야 대항할 마음을 완전히 접고 곁에 서 있는
중년 사내에게 못내 신경질적으로 지시했다.

"파양(波良), 어서 가서 제연청을 데려와라!"

중년 사내, 앞서 동배분의 추곡(推鵠)과 함께 공야무륵을 막
아섰던 형문파의 일대 제자 파양이 한차례 싸늘하게 설무백
을 일별하며 돌아섰다.

설무백은 그 모습을 보며 불쑥 말했다.

"공야무륵, 같이 다녀와라."

"옙!"

공야무륵이 즉시 대답하고는 파양을 따라나섰다.

파양이 가다가 말고 그 자리에 서서 매정광을 돌아보았다.

매정광이 못내 불쾌한 기색을 드러냈다.

"이 사람을 약속도 안 지키는 파렴치한으로 보는 게요?"

설무백은 무심하게 대꾸했다.

"견물생심(見物生心)이라고, 사람의 마음은 알 수가 없으니
까. 그러는 당신은 나를 믿나?"

매정광이 '끙' 하면서 언급을 회피하고는 파양을 향해 신경질적으로 말했다.

"뭐 하는 게냐? 어서 데려오지 않고!"

파양이 발길을 서두르고, 공야무륵이 느긋하게 그 뒤를 따라갔다.

매정광이 다시금 수하들에게 짜증을 부렸다.

"너희들은 동료애도 없느냐? 어서 다친 애들을 수습하지 않고 뭣들 하는 게야?"

돌아가는 상황에 따라 눈치만 보고 있던 형문파의 사내들이 허겁지겁 장내에 널브러진 동료들을 수습하기 시작했다.

파양과 공야무륵이 제연청을 데리고 돌아온 것은 그로부터 일각(一刻 : 15분)가량이 지난 다음이었다.

공야무륵이 부축해서 데려온 제연청의 몰골은 처참했다.

여기저기 째지고 부은 얼굴은 피딱지가 내려앉아서 본모습을 알아볼 수가 없었고, 넝마처럼 너덜너덜한 의복 사이로 드러난 몸은 온통 시퍼런 멍이 들어 있어서 그간 그가 얼마나 지독한 치도곤을 당했는지를 여실히 드러내고 있었다.

설무백은 그런 제연청의 몰골에 새삼 분노가 치밀었으나, 매정광을 싸늘하게 노려보는 것으로 애써 삭이며 말했다.

"오늘 일은 잊고, 혹시라도 귀찮은 일을 벌일 생각은 하지도 마. 진심으로 말해 주는데, 그게 당신을 떠나서 형문파에게 좋은 일이다."

매정광이 대답했다.

"잊을 거요. 생각하기도 싫은 일이니까."

설무백은 미온하게 웃었다.

비웃음이었다.

"아니, 잊지 못할 거야. 입으로는 무슨 말을 하건 속으로는 다른 생각을 하고 있겠지. 지금도 손발이 근질근질해서 죽겠잖아. 안 그래?"

매정광은 절로 흠칫했다.

속내를 들켰다는 생각이 들어서가 아니라 눈앞의 이 괴물이 이제 와서 마음이 변한 것은 아닌지 두려워서였다.

그는 애써 그런 내색을 삼가며 말했다.

"잊지 못한다면 잊도록 노력할 거요. 당신이 우리 상대가 아님을 인정하오."

설무백은 새삼 뜻 모를 미소를 흘리며 말했다.

"일단은 그렇게 알고 돌아가도록 하지. 그러니 명심해. 오늘 일이 밖으로 새는 것은 막을 수 없을 테지만, 그로 인해 당신들이 무언가 다른 생각을 한다는 소식이 내 귀에 들리면 형문파는 강호 무림에서 사라지게 될 테니까."

매정광은 더 할 수 없는 굴욕감에 사로잡혀 붉어진 얼굴로 그를 외면했다.

자신의 죽음이라면 몰라도 형문파의 멸문을 인정해야 하는 이 말에는 차마 답할 수가 없어서 그의 시선을 피한 것이었다.

설무백은 그 정도는 이해하고 넘어갈 수 있었다.

그래서 그가 먼저 무시하며 돌아서는데 공야무륵이 불쑥 묘한 말을 건넸다.

"······뇌옥에 아이들이 있는 것 같습니다."

"아이들이 뇌옥에······?"

"확실하지는 않습니다. 그저 기척을 느낀 것 같아서······."

설무백은 공야무륵의 입에서 아이라는 말이 나왔을 때, 은연중에 살핀 매정광의 눈빛이 일순 크게 흔들리는 것을 놓치지 않았다.

매정광의 곁을 지키고 있는 몇몇 사내들의 얼굴에도 매우 당황한 기색이 스쳤다.

분명 무언가 있었다.

그는 냉정하게 매정광을 바라보며 말했다.

"지금 막 이상한 소리를 들었는데 여기 뇌옥에 아이들이 있다네?"

매정광이 펄쩍 뛰며 부정했다.

"대체 그게 무슨 말도 안 되는 소리요! 우리 뇌옥에 아이들이 왜 있겠소!"

설무백은 수긍한다는 듯 고개를 끄덕였으나, 입으로 흘러낸 말은 그와 상반됐다.

"그렇지. 그럴 리가 없지. 그러니 확인해 봐도 되지?"

매정광이 크게 당황했다.

그때 눈조차 제대로 뜨지 못하고 있어서 혼절한 것으로 보이던 제연청이 힘겹게 말을 더듬었다.

"이…… 있소. 아, 아이들…… 이, 이유는 모르지만, 아, 아주 많이……."

매정광이 발작적으로 소리쳤다.

"닥쳐!"

설무백은 차갑게 식은 마음으로 매정광을 주시하며 물었다.

"있다는데?"

매정광이 안절부절 못하다가 이내 눈을 부라리며 수하들을 향해 호령했다.

"쳐라! 놈들을 죽여라!"

그러나 형문파의 사내들은 매정광의 불같은 호령에도 불구하고 선뜻 나서지 않고 머뭇거렸다.

처음부터 지금까지 상황을 지켜보던 그들에게는 갑작스러운 매정광의 명령이 당황스러울 수밖에 없었던 것이다.

하지만 이때를 기다렸다는 듯 주저하지 않고 나서는 자들도 있었다.

매정광의 곁에 서 있던 사내들이 그랬다.

그중에서도 두 사람, 파양과 추곡이 가장 빨랐다.

둘은 대번에 신형을 날려서 설무백을 향해 검극을 뻗어 내고 있었다.

설무백은 본능처럼 손을 들어서 쇄도하는 그들을 가리켰다.

검푸른 기운이 그의 손에서 쏘아졌다.

직선으로 뻗어 나간 그 기운이 파양과 추곡의 가슴에 작렬했다.

퍼벅-!

둔탁하면서도 섬뜩한 타격음이 터지며 허공에 떠올라 있던 파양과 추곡의 신형이 거짓말처럼 피와 살점으로 변해서 사방으로 비산했다.

하나로 조화를 이룬 구철마수와 청마수의 경력이 그들의 몸을 폭죽처럼 터트려 버린 것이다.

더 이상 살심을 누를 필요가 없는 설무백이 순간적으로 내력을 집중한 결과였다.

후드득-!

피와 살점이 우박처럼 장내로 쏟아졌다.

매정광의 명령에 따라 그들과 함께 나선 자들과 뒤늦게 움직이려던 형문파의 사내들이 얼음처럼 굳어져 버렸다.

하다못해 명령을 내린 매정광조차 넋이 나간 모습이었다.

사람이 이렇게 죽을 수도 있다는 것을, 목이 베여서 머리가 떨어지거나 가슴을 찔려서 피를 토하며 죽는 것이 아니라 마치 폭죽처럼 터져서 흔적도 없이 사라져 버릴 수 있다는 사실을 그들은 오늘 처음 본 것이다.

"뭐, 뭣들 하는 게냐! 얼른 놈을 쳐죽여라!"

매정광이 이내 정신을 차리고 길길이 날뛰었다.

형문파의 사내들이 겨우겨우 정신을 차리며 나섰다.

그야말로 어쩔 수 없이 나서는 모습들이었다.

그들의 눈에는 이미 투지가 없었고, 억지로 쳐든 칼에는 살기 대신 망설임이 가득했다.

포악한 늑대들이 그런 그들 속으로 뛰어들었다.

혈영과 사도, 그리고 어느새 제연청을 대력귀에게 맡긴 공야무륵이었다.

"으악!"

"크아아악!"

장내가 삽시간에 피와 살점이 난무하는 한 장의 지옥도로 변해 갔다.

대력귀가 그 와중에 설무백에게 다가와서 말했다.

"날 여자로 보나 봐요."

제연청을 자신에게 맡긴 공야무륵을 두고 하는 말이었다.

그녀는 이내 주춤주춤 뒤로 빠지고 있는 매정광을 바라보며 부축하고 있던 제연청을 설무백에게 넘겼다.

"저자는 제가……!"

"아니."

설무백은 무심하게 거절하고는 그녀가 건네려는 제연청을 지그시 바라보며 말했다.

"노모는 안전하게 모셨다. 내게 무슨 할 말 없나?"

제연청이 시퍼렇게 부어오른 눈두덩이 사이로 예리한 눈빛을 드러내며 부축하고 있던 대력귀의 손길을 뿌리쳤다.

그리고 설무백에게 떨리는 손을 내밀었다.

"칼을……!"

대력귀가 예리하게 그 의미를 눈치채고는 자신의 원앙 검중 장검을 그의 손에 쥐어 주었다.

제연청이 손에 쥔 그 검을 마치 오래된 연인과의 추억을 회상하듯 잠시 지그시 바라보다 이내 비틀비틀 앞으로 나섰다.

설무백은 그 모습을 보며 넌지시 말했다.

"가능하면 죽이지는 마라."

제연청이 대답할 기력조차 없는 것처럼 비틀거리며 말없이 매정광을 향해 다가갔다.

설무백의 눈치를 보며 물러나고 있던 매정광이 자신에게 다가오는 제연청을 보고는 비릿한 미소를 머금었다.

제연청은 그마저 보지 못한 것처럼 터덜터덜 힘겹게 발길을 옮기고 있었다.

대력귀가 건넨 칼이 아래로 늘어져 바닥에 끌리고 있었다. 칼을 들 힘조차 없어서 질질 끌고 가는 것 같은 모습이었다.

그런 그를 정신 나간 미친놈처럼 바라보던 매정광의 눈빛 싸늘하게 변했다.

도주할 때 도주하더라도 이놈은 죽이고 말겠다는 독기가 느껴지는 눈빛이었다.

제연청이 그 순간에 움직였다.

매정광과의 거리가 서너 장가량으로 좁혀지는 순간이었다.

방금까지의 모습은 상대를 방심하게 만들려는 고도의 기만술인 것처럼 보였다.

한순간 그의 신형이 시위를 떠난 화살처럼 빠르게 쏘아졌다.

"헉!"

매정광이 기겁하며 수중의 검을 휘둘렀다.

그러나 늦었다.

도저히 예상할 수 없는 돌연한 사태에 너무 놀라서인 듯, 반응이 늦었을 뿐만 아니라 본래의 실력에 터무니없이 못 미치는 속도였고, 그 대가는 치명적이었다.

매정광의 검이 휘둘러진 그 자리에 제연청은 없었다.

제연청은 그 순간에 솟구쳐서 그의 머리 위에 떠 있었다.

매정광이 뒤늦게 그걸 간파하고 검을 들었으나 제연청의 검이 조금 더 빨랐다.

채챙-!

제연청이 휘두른 검이 매정광의 검을 옆으로 쳐 냈고 그와 동시에, 정확히는 그 반탄력을 이용해서 반전시킨 검극으로 매정광의 목을 베어 버렸다.

매정광의 머리가 공중으로 떠올랐다.

제연청의 검이 그 머리를 거듭 베어서 반으로 쪼갰다.

그야말로 찰나의 순간을 반으로 쪼갠 동안에 벌어진 일이었다.

형문파의 최고원로이자 하남에서 수위를 다투던 검호인 자홍검 매정광은 그렇듯 비명조차 지르지 못한 채 허무하고 허망하게 두 번 죽어 버렸다.

제연청이 예의 비틀거리는 모습으로 돌아와서 대력귀에게 검을 돌려주었다.

그리고 설무백에게 고개 숙여 사과했다.

"손에 검을 잡으면 살려 두는 법을 자주 잊어서 그만…… 죄송합니다."

다음 권으로 이어집니다